當有人遭受迫害，法律是守住公道的最後一道防線。但可曾想過，若法律也是迫害的一部分？

吳子雲
著

迫害效應
Persecution Effect

- 作者序 -

老了

最近有句話我常掛在嘴邊，「老了。」

這種感觸並非只因年過四十而來，即便我依然健康，而且長得不老（咦？），但還是因為某些場合接收到的訊息和畫面，覺得自己早已不再年輕。我一九九九年出道，十八年來，承蒙讀者朋友照顧，作品最受歡迎的那幾年，受邀到任何一所學校演講或辦活動，都像是一隻瀕臨絕種的動物般地被注目著，那些投射來的眾多眼光都是因為好奇，「平常只能在網路上看他的小說，原來他本人長得這麼莫名其妙啊。」

其實我自己知道，到現在還能在出版市場佔有一席之地已經是萬幸了。因為老了，再也沒有多少靈魂能寫過去那些談情說愛的作品，為電影《情書》影迷詬病的「偷主角名當筆名」這件事，十多年來，也一直困擾著我，我為此做了N次解釋，也打從心底深感歉疚，即使早在二〇〇二年就已經得到《情書》導演岩井俊二的首肯，讓我使用藤井樹這個名字繼續創作，但我其實每一天都想告訴全世界，「關於這個被我抄來的名字，我很抱歉。」

十多年來，科技與社會的演進非常快速，網路小說寫手也幾乎要絕跡了，當年動輒十萬上下的寫手在網路上發表作品，現在可能僅剩數千人，而其中可能有九成無法完成自己的一部作品就斷頭放棄。

這讓我有些感嘆，網路小說因時代而起，也將被時代覆蓋，它不是非得存在不可，但取代它的是什麼呢？

「創作」是人類的精神食糧，有些創作成了舞台表演，有些創作成了漫畫，有些創作變成劇本和電視電影，有些創作成了音樂，當然也有些創作就像我們一樣一字一字筆耕出一部部供給靜態娛樂的小說，我一直自詡是創作人，但我也感嘆著網路小說這個極適合創作的平台將可能走入歷史。

我說得這麼感嘆，並不是有什麼身負讓網路小說再次發光發熱的使命感，我沒有資格，也無法代表網路小說，所以這些只是我在這一個「行業」十八年來的某些不捨罷了。

因此我很珍惜，我現在還能出版，而且我的出版社和編輯依然讓我很任性地想寫什麼就寫什麼，近三年多來，即便我幾乎將全部心力投入電影而少寫了好多作品，出版社也一樣支持著我的決定。

這本《迫害效應》，我寫得很不像我。

不但不是藤井樹，連吳子雲都不像。這並非我習慣性挑戰什麼，只是我依然用盡全力，想讓願意繼續支持我的人看見不同於以往的作品，因為我是寫小說的，這是我的工作。

我必須很誠實地說，能再寫幾年我不知道。

但我會遵守我的諾言，寫到不能寫了為止。

過去每一本小說的自序，我都帶著感謝的心情書寫，這本也不例外。

因此，讓我不例外地，再一次感謝你們。

吳子雲 二〇一七年六月一日於台北的家

序章

救護車抵達之前，阿雄的手沒有離開過王素媛的胸部中央。

他當過兵，照著以前受過但已經印象模糊的訓練，他在她兩個乳頭之間找出中央點，以每分鐘至少一百下的速度向下按壓，這是他既不專業又手拙的狀況下，能做到最好的ＣＰＲ了。他額頭上豆大的汗水不斷滴下，沿著他的手和她的胸部線條滑落到冰冷的浴室地磚上。他後方的浴缸裡放了七分滿的水，但水早已經被她的血染紅，地板也是，牆上有一小片噴濺型的血跡。洗手檯邊放了一瓶安眠藥，裡頭一顆不剩。她手腕上的割傷大概有五公分長，且深可見骨，一把已經生鏽的美工刀就掉在一旁。

十分鐘前，阿雄剛從應酬的場合中離開，一群土根性強烈的男人在酒店裡抱著陪酒女公關喝酒唱歌，他們是生意上的夥伴，標準有錢一起賺，有樂一起享，但有事不一定一起扛的表面朋友，如果不是為了生意，阿雄對這種應酬場合實在是興趣缺缺，畢竟人生十八到二十八歲這最精華的十年間，他天天在這樣的場合裡打滾，並不是為了貪杯或女色，而是為了生活。

計程車裡充滿了混雜著酒精的氣息，這氣息當然來自剛從酒店出來的阿雄，司機受不了而按下電動開關，把車窗開了三分之一，風聲立刻從那窗隙中灌入車室，瞬間吹散了濃濃的酒氣，同時也把阿雄給吹醒了。現在是半夜兩點十分，他感覺自己大概有了六、七分醉，醉得剛好，可以三秒入睡，剩下的三分清醒用來告訴司機目的地，以及拿起家裡鑰匙開門。

開門之後，他用僅剩的精力，躡手躡腳進了家門，他慢慢關門，慢慢把鑰匙掛到牆上的鑰匙勾上，過程中完全沒有發出任何聲音，他可不想把王素媛吵醒。她是阿雄的未婚妻，也是個有睡眠障礙的人，不小心醒了之後就不好再入睡。她的睡眠障礙並非他們一開始交往就存在，而是最近一年多來才發生的。

阿雄口有點渴，走到廚房打開冰箱，把一瓶全新的礦泉水打開猛灌，一直喝到他感覺胃漲了才停止，他把礦泉水放進冰箱，就在冰箱門即將關上的時候，金黃色的冰箱燈光照到一旁的餐桌上，那裡有兩張A4大小的紙，上面寫著滿滿的字。

深夜的住宅區裡，救護車抵達時那刺耳又刺心的鳴笛聲喧囂著，就像清晨五點放鞭炮一樣囂張高調，但對阿雄來說，感覺卻像是知道救兵來了一樣令人高興，兩名救護員衝到阿雄家裡，立刻接手對王素媛進行急救，並且在幾分鐘內就把王素媛送上擔架抬上車，阿雄隨手關上家門，拿著錢包就往救護車上衝。其中一個救護員問阿雄：

「你是患者的誰？」

「我是她的未婚夫。」阿雄急得揮汗如雨，「拜託幫幫忙！快點到醫院。」

救護人員對阿雄提出一連串的問題，阿雄把他所知的一五一十全部仔細說明，王素媛赤裸的身體對比救護員的全副專業裝備顯得突兀，在他們把她抬上擔架之前，僅僅用一條大浴巾將她蓋住，阿雄握著王素媛的手，不停地叫喚她的名字，但她的眼睛就是緊閉著，像睡得很深很沉。

ＯＣＨＡ，到院前心肺功能停止。

儘管急診室的醫生和護士努力了半個多小時，仍只能宣告王素媛的死亡，而阿雄只記得這晚救護人員口中重複過好幾次的ＯＣＨＡ，醫生向阿雄解釋王素媛失血過多、心肺功能喪失等等，他的眼睛看著醫生，但他沒在聽，他在救護車上就已經知道未婚妻救不回來了，急診區裡半個多小時的急救大多只是一種醫療上的交代，用來告訴死者家屬：我們曾經努力過。

阿雄腦子裡想著的是一切生變前的情景，他想起他拿起那兩張A4紙，關上冰箱門，走到客廳打開小檯燈，從口袋裡拿出香菸，點上火，深深地吸一口，彷彿在為讀這張紙的內容之前做心理準備。這不是他故意的，而是他長久以來養成的習慣。因為他生意上的應酬機會不少，王素媛雖然不反對，但也多次抱怨兩人說話和相處的時間不夠，他陪伴酒精和朋友的時間總是比陪伴她要多許多，他們為了這樣的事情吵過好幾次架，但狀況不見改善。王素媛不想再因為這樣的事情和阿雄起爭執傷感情，開始在阿雄回家之前，把想說的話用電腦打上，然後列印，阿雄讀過之後就會在背面寫上回應，這方法看似有種無形的距離感，但對他們來說卻是一種期待、一種希望，因為那上面的話不會是冰冷鋒利的傷人言語，而是溫暖的問候和話家常。

但今晚這兩張不是，而是她在向他說再見。

親愛的阿雄：

我想跟你說一件事，這件事我從不曾告訴過你，因為我刻意隱瞞著。

一年多前，我們還沒訂婚，還沒同居。我還在幼稚園工作，相信你應該還記得那個打電話找不到我的尾牙宴，隔天早上你出現在我家門口，我睡眼惺忪地開門，只見你一臉擔心，我感覺好心疼。

你說：「整個晚上不接電話，我擔心死了。」

我回答：「我喝多了，回家倒頭就睡，電話在包包裡，而且開了振動。」

你的擔憂在看見我之後立刻化開了，你擁抱著我，用手撫摸我凌亂的頭髮，要我繼續去睡，沒事了，只要我安全就好。

可是，只有我知道，在「我喝多了」和「回家倒頭就睡」之間，我略過了一段痛苦的過程，而那段過程導致了今天的局面。

那天尾牙之後，同事們吆喝著一起去KTV續攤，我在尾牙宴上得到了最佳員工獎，獎品就是我們現在正在使用的那個烤箱，而在抽獎的時候，我又抽到二獎一萬元。同事拱我請客，我不好拒絕，所以答應一起去KTV，把獎金拿出來請大家唱歌。

我喝多了，那個你一直知道他對我有意思的小林，和另一個跟小林感情很好的蔡育華說要送我回家，在告訴司機路線的安排之後，我睡著了，中間的過程完全失去記憶。直到我半夜醒來，我在一個陌生的房間裡，一絲不掛，身邊躺著一樣全身赤裸的小林。我腦袋一片空白，在害怕、緊張與充滿疑惑的狀況下，直覺要我立刻離開那裡，當我走到客廳，我看見蔡育華只穿著內褲，躺在沙發上。他們兩人的鼾聲迴盪在整間陌生的房子裡，至今也迴盪在我腦海裡。

在我離開之前，我從電視櫃上的照片得知，那裡是小林家，照片裡是他噁心自戀的模樣，他永遠不知道自己戴著墨鏡、裝模作樣的臉看起來有多蠢。

回家的路上，計程車的冷氣吹得我渾身冰冷，我的身體在發抖，但我異常冷靜，我知道自己遭到了什麼樣的羞辱，我更知道這絕不能原諒。我要他們得到制裁。

回家後，我上網搜尋如何保存性侵後的證據，以及遭受性侵之後的處理方法，在你完全不知情的情況下報案、離職、提告、打官司、接受心理輔導。還記得你曾經問過我，為什麼突然要辭去幼稚園的工作嗎？對不起，親愛的，我當時說我想轉換跑道，其實是騙了你，我實在沒辦法再跟他們一起工作。

我心想，只要他們得到應有的報應和制裁，我會努力把這些忘記，忘到好似生命中沒有發生過這件事的程度，我不會被這件事影響，我也不希望我們被這件事影響，我們還要一起過日子。

在這期間，小林和蔡育華透過律師找過我很多次，律師說他們很希望且很有誠意要道歉賠償，但我一律拒絕。讓他們得到應有的制裁是我對這件事最大的希望。

經過一年的官司，法院兩個星期前做出了宣判。

我站在原告的席位，面對站在被告席位的小林和蔡育華，法官的裁量是：「被告一直積極向原告道歉並願意賠償，依刑法二二一條強制性交罪原刑度應各判三年以上，十年以下有期徒刑，念在被告認罪並展現賠償誠意，本席依刑法第五十九條（註一）宣佈，被告林建易與被告蔡育華，各判一年十個月，再引刑法第七十四條（註二），判兩人緩刑三年。此案兩造雙方均可上訴。」

我心裡那道被侵害後還在修復期的傷口在聽判之後再度被撕裂，我不明白，身為一個被害人，到底為什麼一定要接受被告的道歉與賠償，我不明白，為什麼我沒有拒絕道歉賠償的權利，他們表現的誠意，相較於我內心的煎熬與痛苦，完全無法比擬，現在他們可以因為刑法第五十九條酌量減輕其刑，但我身體的傷要用哪一條法律來讓它輕一點？他們因為刑法第七十四條不必入獄得到緩刑，我心裡的痛又要用哪一條來讓它得到緩解？

讓我更痛苦的是，兩個星期以來，小林三天兩頭就打電話給我，說他願意賠我錢，只要我答應不提上訴。我掛電話，他又打，我不接，他就換號碼打來，我不回訊息，他就打家裡電話。他的語氣、他的聲音、他的訊息內容無時無刻折磨著我，我的情緒崩潰，恨意爬滿全身。

對不起，親愛的，這一年來，我們每一次上床做愛，我都試著盡力投入，你每一次猛烈的衝撞，我都以高亢的叫聲回應你，但只有我自己知道，那其實是在掩飾我的痛苦。當做愛這件美好的事因為曾經受過的傷而必須「試著」投入時，我心裡的悲痛難以言喻。我無時無刻不在怪罪自己，若當時不要抽到那一萬元，不要答應去KTV請客，不要喝醉，這一切都不會發生，我們之間的美好依然如昔。

對不起，因為我知道這輩子都會因為這件事而嫌自己髒，即使理性告訴我那不是我的錯，但感性不放過我。

為了讓他們得到該有的制裁，請原諒我自私的決定。

謝謝，再見，我愛你。

讀完這些，阿雄全身顫抖，手上的菸早已經燃燒殆盡。

他在放下紙張的同時，看見一台被摔爛的烤箱，零件四散地躺在落地窗前的地上。

註一：

刑法第五十九條

犯罪之情狀顯可憫恕，認科以最低度刑仍嫌過重者，得酌量減輕其刑。

註二：

刑法第七十四條

受二年以下有期徒刑、拘役或罰金之宣告，而有下列情形之一，認以暫不執行為適當者，得宣告二年以上五年以下之緩刑，其期間自裁判確定之日起算：

一、未曾因故意犯罪受有期徒刑以上刑之宣告者。

二、前因故意犯罪受有期徒刑以上刑之宣告，執行完畢或赦免後，五年以內未曾因故意犯罪受有期徒刑以上刑之宣告者。

緩刑宣告，得斟酌情形，命犯罪行為人為下列各款事項：

一、向被害人道歉。

二、立悔過書。

三、向被害人支付相當數額之財產或非財產上之損害賠償。

四、向公庫支付一定之金額。

五、向指定之政府機關、政府機構、行政法人、社區或其他符合公益目的之機構或團體，提供四十小時以上二百四十小時以下之義務勞務。

六、完成戒癮治療、精神治療、心理輔導或其他適當之處遇措施。
七、保護被害人安全之必要命令。
八、預防再犯所為之必要命令。
前項情形，應附記於判決書內。
第二項第三款、第四款得為民事強制執行名義。
緩刑之效力不及於從刑與保安處分之宣告。

1

高雄的天氣一向很好，尤其春夏交替之間，氣溫開始偏高，太陽開始狂傲。不知道是不是說好的，自助餐或是小餐館的電視頻道通常都會被固定在新聞台，就連早餐店也不例外，但是今天有點特別，才早上八點半就有新聞現場連線，似乎是發生了什麼大事，任期剩下最後一年的高雄市長正被記者包圍，他是現任執政黨的明星，也是下一任行政院長，甚至總統的熱門人選，近期他的一些動態讓人感覺到，他已經準備好進入中央政府，為將來可能的總統選舉鋪路。

看著電視機裡高雄市長被記者包圍的情形，阿雄想起三年前發生在王素媛任職的幼稚園的事件。那時一個中班的小男生在接近中午時間被歹徒抱走，老師們在半個小時後發現孩子不見了，立刻通報警方，但不幸的事還是發生了，兩個多小時後，在郊區發現這個孩子的屍體。警方在一天之內宣佈破案，並且抓到嫌犯，嫌犯表示他殺小孩只是因為心情不好，「而且我相信不會被判死刑，」他說。這件事當時震撼了整個社會。

事發隔天，王素媛和阿雄在餐館裡吃飯，餐館的電視照慣例依然鎖定在新聞台，主播的播報聲邊報，王素媛的眼淚邊掉，她認識那個才四歲多的孩子，活潑調皮但很惹人喜歡，沒想到竟有這樣的遭遇。

這時畫面中高雄市長被記者包圍，「市長，對嫌犯說的話有什麼看法？」「法律被犯人藐視，是我們國家的悲哀。」市長說。

這句話在當時像是烙印一樣烙在全國民眾的心裡，同時也被網路鄉民選為年度名言第一，媒體名嘴把這句話視為高雄市長企圖進入中央，大力推展改革的一個號角，當時有十天左右的時間，政論節目都在聊不合時宜的法條必須被修正的相關話題，但日子一久，這些議題便又都被遺忘了。

「該死的都不死，才是國家的悲哀。」阿雄自言自語地說著，他手上拿著剛從早餐店買來的漢堡，邊啃邊走路。這時他經過一間星巴克，心血來潮，想來一杯焦糖瑪奇朵。

應該是定期買一送一的關係，星巴克這時已經排滿了人，店員忙碌地製作一杯杯客人的點單。可能已經有人等得不耐煩了，他們催促著店員，說他們趕時間，能不能快一點。

其中一位兩鬢稍白，看起來大概五十多歲的男子，站在等候區旁開始大聲起來，說他已經等了十幾分鐘，只是買了兩杯咖啡要等多久，店員手腳慢得像烏龜。其中一位店員開始安撫他，其他的店員默不作聲繼續埋頭苦幹。這位阿伯愈安撫火氣愈大。

好像都是這樣的，尤其是服務業最常遇到。本來大概六〇%的不滿，一被安撫立刻爆到一〇〇%，因為他打從心裡覺得「既然我被安撫了，表示對方一定是理虧的，我愈大聲愈能表現我是對的，也愈能發洩我的怒氣」。這個歐吉桑正在做這樣的示範，他開始飆罵正在趕工沖泡咖啡的每一個店員，說不到幾句話就想上別人的老媽，而且聲音已經大到好幾個客人拿手機出來攝影了。

在網路發達世代，若發生了什麼事，現場其他不相干人等常常會把手機拿出來攝影存證，這是再正常不過的反應。回家之後，他們會把很不錯的錄影畫面上傳到

Youtube或是爆料公社，他們會盡可能地把自己看見的過程寫得鉅細彌遺，讓所有網路鄉民公審這個事件，大家似乎都非常有正義感。

但這樣的正義大多只存在網路上，這也是為什麼當有真正勇敢的人出面調停解決時，會被新聞媒體報章雜誌取名為正義哥（或正義姊），因為這樣的人難能可貴。

可是，事發現場往往沒有人真正站出來替安撫歐吉桑的店員解圍，一個也沒有。

但今天不同，因為阿雄再也看不下去了。他在歐吉桑罵了第三次幹你娘的時候走到他面前，用很鎮定且帶著禮貌的語氣，和不太標準的國語，加入店員安撫歐吉桑的行列，「這位大哥，別這麼生氣，店員已經在趕了，而且大家都在等咖啡，不是只有你在排隊，稍安勿躁，我請你抽根菸消消氣，好不好？」

阿雄一邊說一邊握著歐吉桑的手，就是握手言和的那種握手，那位歐吉桑沒有再說半句話，他的表情慢慢地從暴怒變成痛苦，因為阿雄只要再用力一點，歐吉桑的手骨就可能裂開。

這是阿雄處理澳客的方式之一。他的工作也常遇到澳客，而且他遇到澳客的比例不會比一般服務業來得少，因為他絕大部分客人的教育程度是比較低的。

阿雄的工作不是常見的服務業，他稍微特殊一點。別人的客戶是來消費，錢是給店家，但阿雄的客戶來是賺錢，錢是給客戶。

他是高雄市區好幾間資源回收場的老闆。

他的客戶光是電腦有紀錄（表示固定客群）的就有上千人，這當中還不包括幾個月只來一次，或是過年過節大掃除才來的散客，這些客戶天天載著一大堆別人當成垃圾丟掉的回收資源到他的工場裡（是的，是工場，而不是工廠，因為他並不做加工與製造）。鋼鐵、銅、錫、鎳等等各類有價金屬、紙箱舊書本、CD、塑料寶特瓶……只要是有價的回收物，他全部都收。

說他是資源環保回收業大型的下游廠商一點都不為過。

他的收買價錢一向公道，市場價碼多少他就收多少，絕不欺騙或虧待客人，浮動資源的價格永遠用LED跑馬燈公告在工場最醒目的地方，一切開誠佈公。不僅如此，碰到最忠實的常客以及較窮困的客戶，他還會多添點價錢購買，假設目前廢紙一公斤市場價兩塊半，他會用三塊錢購買，而明明他交給上游收購的價錢也才兩塊八，等於他每買一公斤就虧兩毛錢。

即便如此，貪小便宜或習慣找碴的澳客依然不會消失。

阿雄總說自己是個粗人，粗人解決問題的方式總是比較粗暴。但盛氣凌人的年少輕狂已經消逝，他現在三十五歲了，喜歡跟客人講道理。

澳客有男有女。

女澳客通常是歐巴桑，嫌自己載了一整車的資源卻只賣了幾十塊，說阿雄價錢亂開亂買，做生意不老實。遇到這樣的澳客，他工場裡所有的員工，包括他自己，永遠只有一個處理方式，他們會多給歐巴桑兩百塊，然後禮貌地請她離開，並且不會再讓她踏進工場，而且是阿雄擁有的五間資源回收場全都禁止收這個客人，對方將成為永遠的拒絕往來戶。

而這樣的歐巴桑，只能跑去其他的資源回收商賣東西，而且死性一樣不改，她們會以同樣的理由繼續當澳客，直到全高雄再也沒有回收商會收她的東西。

男澳客面對回收商的找碴理由跟這些歐巴桑差不多，但他們會仗著自己是男的，嗓門大、拳頭硬，在現場就發起飆來。阿雄應對這種澳客的方法很多，請他坐下來泡茶消氣，若正值吃飯時間，就多買一個便當請他吃，叫個五十嵐之類的飲料請他喝，但在這之前，阿雄都會先「握住他們的手」，禮貌地說之以理，威逼與勸說同時進行，客人通常會知難而退地冷靜下來。

之所以會請吃便當或泡茶之類，不是因為阿雄對男客人比較好，而是男人如果一旦動手，場面不會好看，而且不好收拾。但重點是沒幾個男客人敢動手，阿雄的身材魁梧，他的每一個員工也都壯碩挺拔，加上禮貌的態度，也沒人看得出來客人的手就快被捏爆，客人面子保住，被請吃飯喝茶裡子也保住，也就沒有人事後算帳。

而此時被阿雄握住手的歐吉桑已經被他帶出星巴克，鬆手的同時，他笑容堆滿臉地遞上一根菸，「大哥，請抽。」

歐吉桑接過香菸，阿雄把火點上，吞雲吐霧幾口之後，阿雄說：「大哥，這根菸抽完，你的咖啡也應該好了。」聽完，歐吉桑勉強將嘴角上揚。

「這些在咖啡店打工的年輕人啊，其實也算辛苦，你看看客人這麼多，他們手都停不下來，可能連上廁所的時間都沒有，所以多等幾分鐘，讓他們好做事，你也不用生氣，不是很好嗎？」

「對，你說得對。」歐吉桑終於搭腔了。

阿雄又說：「雖然我們不認識，但謝謝大哥給我面子。」他笑得燦爛。

此時店員把歐吉桑和阿雄的咖啡拿出店外，一邊遞交還一邊道歉，歐吉桑禮貌性地說了聲謝謝，然後向阿雄點點頭，離開了店門口。

其實阿雄很少到星巴克，說老實話，他也只喝過幾杯，甚至他從來不曾買過，都是朋友請客才有機會拿著文青味很重的白底綠徽的杯子，偶爾當個看起來有氣質的人。

「我叫許照雄，叫我阿雄就好。我是個粗魯人，沒念什麼書，但我懂人情義禮，在高雄做點小生意，希望各位朋友先進多多指教，多多照顧。」他喜歡交朋友，面對初次見面的人，他總是這麼介紹自己。

阿雄的父親許阿伯是高雄早年開始做資源回收業的少數幾個業者之一，母親在他年幼時便過世了。三十多年前的資源回收業並不發達，可謂僧少，但是粥多，賺錢並不是一件多困難的事。但因為這個行業在一般人的眼裡就是骯髒低下，所以阿雄幾乎不跟朋友提到他家裡從事什麼工作，即使這一行就是垃圾變黃金的最佳體現，他依然覺得丟臉。

這種思想的萌生，很直接造成他不喜歡回家的結果。他睡過朋友家、同學家，租過短期旅社，也睡過天橋底下，他寧願過得不好也不想回家。他高職沒畢業，甚至還被退學。年少時混過流氓，飆車打架逞凶鬥狠爭一時之快的事情從他十幾歲到二十幾歲的十年間可沒少做。他總說他年輕時不懂事，對念書一點興趣也沒有，甚至連漫畫都沒看過幾本，沒素質沒修養的結果，就是在沒素質跟沒修養的環境裡交到沒素質跟沒修養的朋友，盡幹一些沒素質沒修養的事。

當兵那兩年，阿雄並沒有因為苦過操過的日子而變得成熟一點，甚至他原本就已經算是健壯的身材被部隊操練過後變得更加魁梧，退伍後，他繼續跟那群沒素質沒修養的朋友混在一起，唯一不一樣的是，阿雄回家了，但他把家裡當成旅館，只用來睡覺跟洗澡。

他天天在外面蹓躂，蹓到沒錢了只好找工作，當然也不會是什麼正常的工作。

他加入地方幫派，酒店圍事是他的第一份「工作」，一幹就是好幾年。這當中發生幾次其他幫派找碴跟酒客叫人砸店的意外，幾次打打殺殺下來，雖然他運氣好，沒斷手腳也沒去坐牢，但身上手上幾處傷疤時時提醒著他，哪天就算被打死，也不會有人替他收屍，他開始跟幫派疏遠。

靠著在酒店賺到的錢，阿雄跟一起進幫派的好朋友阿貴合開酒吧，他和阿貴兩人從高中時期就認識，但並不熟稔，一直到進幫派才有了交集。阿貴是個粗暴的人，但也因為敢衝敢打在幫派裡出盡風頭。無奈阿貴光有一副衝脾氣，卻沒有好腦袋，酒吧才開不到一年，他就在外面跟另一幫人結仇，仇家找上門，直接把酒吧砸了。酒吧被砸那天，阿貴半夜偷偷來到阿雄家門口等他回家，除了道歉之外，還說他會想辦法把損失賠給阿雄，然後人就不見了，阿雄聽說阿貴被追殺得厲害，跑到菲律賓去躲起來。

酒吧收攤，阿雄頓時沒有收入，靠著一點積蓄過了幾個月。為了生活，他當然想工作，但身上散發著的流氓氣息怎麼樣也掩飾不了，而且學歷不夠，他怎麼也沒想到，就算是加油站的工作也要求高中畢業。後來他去考了汽車營業執照，開始開計程車的日子，但才開一年多，就因為毆打酒醉吐在他車上的客人而被告傷害，事後阿雄向對方道歉，對方雖然同意撤告和解，卻還是要求阿雄必須賠錢。

賠錢，他沒有錢。

那天清晨，天才微微亮，他開著計程車，客人有一搭沒一搭地載著，從剛入夜的晚上七點開到凌晨，心裡只掛念著賠償金額，那些平常稱兄道弟的朋友不是不接電話，就是跟他打哈哈，聽到他要拿出來的賠償金額，沒有一個人伸出援手。

他就坐在他家附近的公園旁的人行道椅上，啃著饅頭，無助地望著剛剛熄滅的路燈，他當下沒有思考任何東西，除了那答應今天就要交給原告的十萬塊。

電話響，是父親打來的，問他在哪裡，他說坐在公園旁。

沒一會兒，父親站在阿雄面前，拿著一個裝滿錢的紙袋，一句話也沒說，遞給失神的阿雄。

「爸……這是……」阿雄嚇了一跳，急忙站了起來。

「拿去賠給人家。」操著台語，阿雄的父親語氣平和但堅定。

「可是你怎麼……」

「和解書都寄到家裡來了，你以為我不知道？拿去賠給人家。」這話除了堅定之外，還多了命令的口吻。

阿雄沒再說話，把錢收下來。

父親轉身就往大馬路的方向走，腳步不若以前那樣穩定，一拐一拐的。阿雄再定睛一看，父親頭髮已經白了一半，皮皺肉垮，指甲都是污垢，那雙全是工作造成的傷疤的手，隨著步伐前進而擺動。

「爸，你要去哪裡？」

「工場。」

「你用走的？很遠耶。」

「老了，走路多運動，我都已經走三年了。」

「那你的腳怎麼了？」

「長骨刺，也好幾年了。」

「有看醫生嗎？」

「有啦，有看啦，就……」

「爸！我載你去工場啦！」阿雄喊著。

父親揮揮手，愈走愈遠，說話的聲音呼嚕嚕的，聽不見了。

阿雄這時候才發現，就算他住在家裡，也從來不知道父親的狀況。他總是天亮了才回家，回家時父親已經出門工作；等到他出門時，父親還沒回來。他家距離父親的工場至少有十公里，那是步行大約兩小時的路程，他不敢相信父親已經這樣走了三年。

饅頭沒有啃完，他抱著那個裝著錢的紙袋，沒有掉眼淚，心裡卻很懊悔。

他告訴自己，該「回家」好好過日子了。

2

三十歲那年，阿雄「回家」了。

那天他踏進好久好久沒有回來的工場，那個他國中以前天天待著的父親的工場，現在看來既陌生又熟悉。

阿雄想起小時候他就是被迫在工場裡長大，母親在他上幼稚園的時候意外過世，所以父親只能帶著他一起工作。幼稚園的娃娃車到每一個同學家裡去接送，就只有他的接送地點是在工場。

母親過世之後，父親把才剛買沒多久，還在付貸款的房子賣了，因為少了女主人的家已經不再是家。每天回到那裡就會想起太太還在的時候，只是徒增悲傷。而那個不怎麼炒房地產的年代，房子賣了也賺不到什麼錢，只圖能把欠銀行的房貸付清之外，還能留下一點點。

父親買了一個廢棄貨櫃跟一些簡易傢俱，就擺在工場的最裡面，那是他們的「新家」。貨櫃屋裡放了兩張單人床、一個父子共用的衣櫃、一套阿雄念書的桌子跟書架，和一張輪子會發出嘰吱聲響的二手辦公椅。緊緊靠著貨櫃屋的是他們的廁所，地面用水泥砌出一個階梯，製造出高低差來放置蹲式的便盆，而廁所的後方才是浴室，鋪著不太平坦的水泥地，掛著一組客人拿來賣的二手水龍頭附蓮蓬頭，只有熱水器是新的，因為回收的都是壞的，不能用。浴室外面擺著一台從賣掉的家裡搬過來的洗衣機，可能在搬運的時候不小心碰撞的關係，馬達聲有時大到會以為再過幾分鐘就要爆炸，但有時又正常得像剛買回來的。父親本來想買一台新的，但他知道，在這樣的環境裡生活，再好的洗衣機都無法把他們父子的衣服洗乾淨。「不臭就好了，乾淨不重要。」阿雄的父親心裡是這麼想的。

浴室跟廁所都是鐵皮簡易搭建，水管曝露在外面，電線也只是延著鐵皮的輪廓稍作固定而已，夏天裡面被曬得發燙，冬天則是冷到讓人不想去洗澡跟大便。如果不是幼稚園有馬桶這種東西，阿雄可能會以為全世界的人都是蹲著大便的。

工場位在舊鳳山地區，一處農業工業混合用地的小縣道旁邊，地租便宜，地主也有錢到不會因為缺錢賣地，於是地方一租就是二、三十年。阿雄的父親認為那是他的寶地，如果不是沒有能力，他真希望把那塊地買下來留給阿雄。

雖然說是寶地，但其實工場環境不好，畢竟堆滿了一般人認為是「垃圾」的東西，只是這些東西可以回收賣錢罷了。晴天倒是還好，雨天就麻煩了。滋生老鼠蟑螂不說，一些廢棄的鍋碗瓢盆積水長滿孑孓，然後孵出蚊子，每一隻都營養過盛，體型總比一般看見的蚊子要大得多，打死後噴出來的血會畫成一塊不規則的紅，而牠們身上黑白相間的紋路也會清楚地在手心留下印子。貨櫃屋雖然有紗窗，但睡覺的時候還是要加上蚊帳跟蚊香才能一夜好眠。

兩父子在工場裡一住就是十幾年。一直到阿雄國中時，父親才在鳥松買了一棟四層樓的透天厝，這麼多年之後，他們終於有了一個「家」。

只是阿雄已經不太喜歡回家了。而一個人住在偌大的透天厝，許阿伯愈住愈沒意思，便又開始住在回收場裡，「家」，變成父子兩最不常回去的地方。

青春期的自我與叛逆是絕大多數十幾歲孩子的必經路程，也可以說是一種驕傲。

那時是如此地年輕氣盛，面對自己不感興趣的東西大多選擇逃避，面對自己不喜歡的東西則是直接抗拒。阿雄抗拒那個在同學眼中就是垃圾堆大集合的家庭事業，他期望身邊的同儕不會用異樣眼光來看他，所以他自然遠離回收場。小學時，他曾經被笑了好幾年的髒小孩，他不希望國中的時候還聽見同樣的言語霸凌。

只是今天，他竟然有些懷念那些被霸凌的日子，如果能重來一次，他希望自己有足夠健康成熟的心態，能面對那些可恨的人和那些討厭的話，這麼一來，他或許就不會把美好的光陰浪費在那些狗屁倒灶的事情上面。

「錢賠給人家了沒？」許阿伯見到阿雄罕見地走進工場，想起幾天前才拿錢給兒子去付和解金，他此時正忙著收拾那些已經堆到走道的廢紙，說話的時候並沒有看著阿雄。

「有，我已經給了。」阿雄走進工作桌後方坐下。他看似熟練地拿起地上的剪刀，開始把那堆積如山的廢電器的電線剪下。

這是一般的日常工作，整理這些買回來的廢棄物。

一般民眾在送賣廢棄物時，並不會把廢棄物分解，而是一整批載到資源回收場賣。價錢看品項決定，有些品項是論斤兩的，有些則是論數量的。例如書本雜誌是論斤兩賣，一公斤多少錢，電風扇則是論數量賣，一架多少錢。回收場買進來之後，要手工把電風扇分解，因為馬達裡有鐵、有銅線、有可回收的螺絲，電線裡也有銅線，這些都是可另外再回收的資源。

拿起剪刀剪下第一條電線之後，阿雄的情緒開始複雜起來。他感覺什麼都沒變，什麼都還是一樣的。那剪刀一樣是髒的，工場的環境也一樣是髒的，回收的廢棄品一樣都破破爛爛的，甚至父親死守這座城堡的決心也沒變，只有他自己是不一樣的。相較於父親身上骯髒的衣物，他的乾淨對比整個工場的環境，看來完全格格不入。

「你這麼早起來幹什麼？是有睡還是沒睡啊？」父親問著，但他依然沒有抬起頭來看阿雄。他會這麼問的原因很簡單，現在的時間是早上不到十點，而阿雄平常起床的時間是下午三點。

「我睡醒了。」阿雄說，剪電線的手沒有停下。

「是做惡夢喔？」

「沒有啦。」

「吃過早點沒？」

「吃了……爸，我們家附近那間早餐店的肉包變小了對不對？」

「你小時候那個年代，物價便宜，肉包大到兩顆可以餵飽一個工人，現在都二〇〇七年了，物價上漲，早餐店不漲價，當然東西會變小啊。」

「你也知道時代不一樣了喔？」阿雄提高音量，像是怕父親沒聽清楚一樣，「那幹嘛不把工場弄大一點，把旁邊那塊地租下來啊！不然我們永遠只能吃下這些貨量，賺的也永遠都只是這個規模。」

阿雄這麼說是有原因的，他其實一直知道自己家裡工場的某些經營瓶頸，在時代不同時必須與時俱進地跟著轉型，只是他從來不曾跟父親聊過而已。

「你講得簡單喔？」阿雄的爸爸笑了，「你不知道這十幾年來土地炒到多貴，地租跟以前相差五、六倍，就算你有錢，人家也不一定要租給你，建設公司隨便出手就是幾億直接買去蓋房子，地主幹嘛放著幾億不賺，來租你這一個月幾萬塊？」

「那得要有建設公司想買啊，不然那塊地放在那邊也是長蚊子。」

「那叫養地啊，懂不懂？地主今年不賣，明年又漲，不缺錢就把地放著，放幾年多賺幾千萬，是你你幹不幹？」

「所以在他賣地之前我們跟他租嘛，與其放著沒錢收，每個月幾萬塊也是錢啊，他要賣的時候我們再遷場就好了。」

「我們這種行業地主不太願意租啦，髒啦。」

「我去講講看嘛，有講有機會啊。」

阿雄的父親此時停下動作，他皺著眉頭，不明所以地看著阿雄，「你為什麼突然間會跟我聊這個？」

「沒有啊，我只是想幫忙。」

「幫忙？幫忙什麼？」

「幫忙把我們家的事業擴大。」

聽到這話，阿雄的父親笑了。「事業？就一間破工場，算什麼事業啊？」

「我覺得早餐店也破破的，但那是他們的事業啊。」

「好啊，你說擴大，怎麼擴大？你講給我聽。」

「爸，你想想，我們現在這間工場的面積是兩百坪，但形狀是不規則的，跟四四方方的地相比，堆東西的空間就受限制。現在我們已經盡可能利用空間來堆貨，但營業額一個月只有三十萬，毛利大概一〇%，也就是三萬，因為這間工場就這麼大，貨買再多吃再撐也只能這樣，你困在這邊再困一百年還是每個月賺三萬，這還沒有算資源價格波動喔，東西變便宜的時候，或景氣差的時候，可能毛利只有兩萬。可你看看外面，人口沒有變少，垃圾量愈來愈大，回收品的量也愈來愈大，我們當然要擴大規模才能增加營業額啊。」

「這塊地把我養活還把你養大，你幹嘛這樣嫌棄？」

「爸，我不是嫌棄，我是在告訴你現在看見的問題，這塊地太不規則，本來就不適合拿來做資源回收，你能一做三十多年，還把我養大，真的很厲害，但是你一定也知道問題在哪裡。」接著阿雄指著靠近回收場門口的紙堆，「就拿現在堆紙的地方來說就好，我們為了把比較值錢的金屬放裡面一點，不要被偷走，結果最易燃的紙類就堆在靠馬路邊的最外側，哪天哪個抽菸的傢伙路過，直接把手上的菸屁股丟進來，正好丟在紙堆裡，整間工場就燒光光了，不是嗎？這不是問題嗎？」

阿雄的父親沉默了一會兒，「所以呢？」

「所以我們要另外再租一塊地，更大更方正的地，我們才能收更多貨。就算一開始所有賺的錢都拿去付地租好了，我們還是收到更多的貨了，不是嗎？而且資源回收的東西只會愈來愈多，貨就會愈來愈多，營業額就會愈來愈高，新的工場開始有盈餘之後，再去租另一塊地，繼續一樣的模式，收入就是倍數成長。」

「你想的會不會太完美？」阿雄的父親笑了。

「太完美又怎樣？想想不犯法，而且有試有機會。」阿雄說。

「就算地主願意租給我們，我也才一個人，我怎麼跑兩個工場？」父親邊說邊拿出一包香菸，隨手抽出一根點燃。

「我會幫你啊，另一間工場我來做。」

「你不開計程車了？」

「我車子已經還給車行了。」

阿雄的父親才剛想把香菸放到嘴裡，一聽到這話馬上放下，表情有點擔憂，「是發生什麼事？錢不是賠了嗎？」

「沒發生什麼事，那些已經擺平了，我就只是想回家了而已。」

「你說什麼？」

「我就只是想回家了而已。」

「你說……」

「我就只是想回家了而已。」

「……」

「從今天開始，我就跟你一起工作。」阿雄看著父親。

阿雄的父親聽了，面露微笑，用鼻子哼了幾聲氣，他心裡感覺到安慰。他曾經在阿雄身上看到自己人生的希望，但隨著阿雄國中開始學壞，看著這個在人生路途上迷路了的孩子，他除了失望自責自己沒有能力教育阿雄之外，只期盼他能好好地、平安地活著。

這個頭髮已經半白的父親從沒想過，有一天阿雄會回到這個他曾經棄如敝屣的地方，即使這是供給阿雄成長的地方。

向來大男人慣了的父親絕不可能在這種時候讓兒子察覺他感動得想哭的情緒，他把菸叼在嘴邊，吸了兩口，吐出來的白煙畫出空氣流動的樣子，他把頭一別，回到他本來的工作，他眼前這堆廢紙還得堆得更高才行。

「阿雄啊？」

「欸？」

「你高中都沒畢業，腦袋也不好，剛剛那些是誰教你的？」

「爸，我們相處太少，你不太了解我，我不聰明，但我朋友多，朋友之間會教學相長，我開過酒館做過生意，我知道時代在變，這麼久以來，我在外面也不是白混的，不然你以為我在幹嘛？」

「你就流氓啊，當流氓能幹的就那些沒路用的，你以為我不知道？」

「也對啦，但是那些破日子我已經厭倦了。」

「你有想通是最好。」

「只是，爸，我想跟你說一件我自己也很驚訝的事。」

「什麼事？」

「我交女朋友了，而且我想娶她。」阿雄說。

3

阿雄不是沒交過女朋友，只是那段當流氓自以為混黑道的日子，感情的來去如船過水無痕一樣，多半不著痕跡，和那些互相有意思的女人之間，關係很快地被定義為「我們屬於彼此」，也很快地被放棄為「我們不屬於彼此」。阿雄並不把那些關係稱為速食愛情，那對他這種粗魯人來說太文謅謅，他認為感情就是合則來不合則散，沒有什麼一定要愛得死去活來的理由。

但她不一樣，她讓他感覺不一樣，王素媛。

他們相遇時她才二十三歲，大學剛畢業一年的社會新鮮人，大學時念的是幼保系，在找到幼稚園、安親班或是幼兒托育員的工作前，她在高雄新崛江附近的小鐘錶店打工。

阿雄自己都覺得跟王素媛之間的感情發展其實算是意外，因為本來要追求她的是阿雄的朋友。

那天高雄天氣一慣的晴朗，平常日的新崛江人潮不如假日般洶湧，位在商場深處的小鐘錶店從上午十一點開門，到下午三點半這四個半小時中，只來了一位客人，而且他並沒有消費，只是換了顆錶用電池。女店長拿著手機，一邊跟自己的曖昧對象互傳訊息，一邊玩著貪吃蛇遊戲。

「櫃子擦了嗎？」女店長問。她的視線並沒有離開她剛買沒多久的全新 Nokia 手機，綁在後腦勺高處的馬尾、早上剛擦的紫色指甲油搭配著暗紅色口紅，讓她看起來像是武俠小說裡中了劇毒的峨嵋派女弟子。

「擦了，外面的玻璃也擦了。」她是個有禮貌的女孩，說話的時候是看著女店長的。

「那沒事做的話就把店裡的東西再盤點一次。」

「喔好。」

這是她這個月第四次盤點店裡的商品，如果加上另一個輪班的同事也盤點過的次數，這已經是第七次了。她看著庫存表上另一個同事的筆跡，在「數量」那一欄已經滿到寫不下去了。

但店長交代，就得照辦，尤其店長其實就是老闆千金的時候。

這時女店長終於放下手機，肚子傳來的咕嚕聲提醒著她忘了吃中飯這件事。她拎起手邊的名牌皮包，半低胸的上衣和黑色的皮短裙勾勒出她高䠷勻稱的身體線條。她沒有交代自己要去哪裡，高跟鞋重重地敲在地板上，發出聲響。

這時與女店長擦身的兩個男子走進這間才三、四坪大小的小店鋪，開口就問有沒有勞力士。在走進這間店之前，阿雄的朋友跟阿雄說，「這馬子我上星期來逛新崛江的時候就看到了，幹！超正點的，我今天一定要拿到她的電話號碼！」邊說邊輕浮地挑眉，還叫阿雄幫忙看看他的髮型有沒有歪掉。

「如果沒要到呢？」

「沒要到就再問一次啊。」

「再問一次還是沒要到呢？」

「我通常只給女人三次機會，三次機會還不懂得把握就是不知好歹。」

「不知好歹會怎麼樣？」

「就叫她去死啦，囂張三小。」阿雄的朋友自以為帥氣地說著。

走進店裡之後，阿雄正好和她視線相對，對阿雄來說，她的外表是符合自己審美標準的，如果不是他朋友已經表明態度，那今天來要電話的可能就是自己。

而阿雄跟他朋友這種看起來就小流氓型很俗很台客的裝扮，對她來說，通常意味他們不是真正的客群，因為這樣的人很極端，不是很有錢，就是很窮。她服務的雖然是小鐘錶店，可賣的手錶卻都是大廠正品，如 Casio、Swatch、Seiko、Tissot、Citizen 等等這些中低價位產品較多的品牌，只是數量種類沒大型鐘錶店那麼齊全罷了。

面對進門第一句話就問高級品的台客，她心裡知道，這單買賣做不成，不過還是很禮貌地應對著。

「不好意思，店裡沒有那麼高單價的品牌。」她堆滿笑容看著阿雄的朋友，客氣且清楚地說著。

阿雄就站在他朋友的後面，環視著店裡的錶，他刻意不去多注意她，而是把視線停在店裡各式各樣的手錶上。

「沒有勞力士喔，那有沒有沛納海？」

「也沒有。」

「OMEGA 呢？」

「也沒有，你說的都是高單價的手錶，我們只是小店，只有中低價位的。」

「那把你們店裡最貴的錶拿出來看看。」

「先生，請問您的預算是多少？」

「妳不用管預算，拿出來就對了。」阿雄的朋友側著身體，整個上半身就趴在檯式玻璃櫃上，用右手撐著頭，一副吊兒啷噹的樣子。

她應了聲好，從一旁拿出一大串鑰匙，仔細挑出其中一把，然後打開面前好幾個檯式玻璃櫃的其中一個，取出一支黑色錶底、銀色指針、金屬錶帶的 Tissot。

「我覺得這款比較適合你。」她把錶放到阿雄的朋友面前，保持笑容，專業地說。

「這是你們最貴的錶了？」

「差不多。」

「什麼叫差不多？我要的是最貴的。」阿雄的朋友還是保持同樣的姿勢，只是表情帶著比剛剛更輕浮的笑容，而且開始抖腳，他的身體跟著腳抖動的頻率在晃動著。

「我覺得最貴的那個不適合你啦。」秉持著服務和專業的精神，她雖然嘴裡這麼說，但還是把最貴的錶拿出來了。

「是這支嗎？」

「對，這支是 Seiko 今年剛出的新款，有寶藍色、黑色跟白色三種。我們店裡現在只有寶藍色，我覺得這個顏色不太適合你，所以才沒拿給你看。」

「那妳覺得什麼顏色適合我？」他的表情顯得過於浮誇了。

「我覺得黑色比較適合。」

「這支多少錢？」

「這支七萬一。」

「七萬一喔？太貴了啦，反過來，一萬七好不好？」

「先生不好意思，沒辦法喔。」

「跟妳開玩笑的啦，我其實是想買一支錶送給我女朋友啦，妳可以幫我挑嗎？」

「可以啊，你女朋友喜歡什麼類型的錶？電子的？一般的？機械的？」

「妳喜歡什麼類型，她就喜歡什麼類型啦。」

「喔是這樣啊，」雖然聽出他話中的意思，但她也只是笑笑回應，「先生你還是要跟我講一個大概，不然我沒辦法幫你推薦。」

「我講了啊，就妳喜歡什麼錶，我就買什麼錶啊。」

「先生，那要不要你帶女朋友來，我再幫她介紹，好不好？」

「我不用帶她來啦，她就在我面前啊。」阿雄的朋友還是那副輕挑的態度，好像自以為是萬人迷似的。

其實這不是她第一次遇到醉翁之意不在酒的客人，當然也就不是第一次應付，她有自己一套處理方式，盡可能地讓客人知難而退。

她並非有特別突出的美貌，但她大大的眼睛和笑起來親和力十足的樣子總會讓第一眼見到她的人感到心情愉悅。這也是女店長當初會雇用她的原因，她來了之後，店裡的業績成長了兩成，男客人的成交機率大增。

儘管如此，她從不曾給過任何一次電話號碼。

對她來說，那是工作的地方，不是相親的地方，她願意讓客人知道她的名字，但也僅止於此。

「先生，你很愛開玩笑喔。」

「沒有喔，我現在沒在開玩笑喔，妳叫什麼名字啊？」

「你不是說我是你女朋友嗎？怎麼會有人不知道女朋友名字的。」

「妳現在跟我講我就知道啦。」

「不行喔，你這樣不及格，說別人是你女朋友，卻不知道名字。」

「我這樣就不及格了喔？」

「對，不及格。」

「那要怎樣才及格？」

「我們不要聊這個啦，還是看手錶比較實際。」

「其實我今天是來要妳電話號碼的，給我妳的號碼，這支七萬一的我就買了。」阿雄的朋友伸出右手食指，指著那支寶藍色的 Seiko 錶，然後順勢想觸碰手錶旁邊的她的手。

她不疾不徐地輕鬆閃過「攻擊」，還是帶著笑臉說：「不行啦，我的號碼不賣的。」

「那要怎樣妳才肯給我名字跟電話。」

「這樣好了，你猜得到我的名字，我就給你電話。」

「這麼好喔？」

「對啊，這樣名字跟電話一次都有了，還不用花七萬一，不錯吧？」

「幹，最好猜得到名字啦。」才幾分鐘的對話，阿雄的朋友已經失去耐心。

「欸，先生，」她俏皮地搖搖頭，「不可以罵女生髒話喔。」

「我不是在罵妳，那是語助詞。」

「喔！好啦，語助詞，那我們把重點拉回來看錶好不好？」

「妳不給我電話，我不要看了啦。」

「我沒有不給你，但你要猜到我的名字啊。」

「鬼才猜得到啦，就交個朋友，要個電話而已也不行，沒誠意。」

「不好意思啦，你不要生氣嘛。」

「我沒有生氣，我是失望，妳看起來很親切，可是這樣刁難我，我對妳太失望了。」

話還沒說完，阿雄朋友的手機響了，他一邊看著來電一邊把話講完，然後接起電話走出小店鋪，他講電話的音量沒什麼在控制，如果周遭有人經過，可能會誤以為他正在跟電話那頭的人吵架。

她和一直站在一旁沉默不語的阿雄顯然不太明白最後這句話是什麼意思，他那有點浮誇的表情和莫名其妙的失望情緒讓她跟阿雄頭上閃過一堆問號。尤其是阿雄，他心裡想著：「他是我朋友，但顯然我並不了解他。」

同時目送他走出店鋪接電話之後，兩人視線再次交會，阿雄聳聳肩，無奈地笑著說：「不好意思啊，我朋友沒禮貌。」

「不會啦，沒事，我不介意。」

「妳這裡有沒有一萬塊以內的錶啊，我想說生日的時候買一個給自己。」阿雄走近檯式玻璃櫃詢問著，他心底深處有一種欲望，他想跟眼前這個女孩子說點話。

「有啊，很多耶，你喜歡什麼樣的錶？電子的？一般的？機械的？」

「我不太懂，好看就好。」

「你什麼時候生日？」

「喔！三月。」

「三月？」她微微皺著眉，視線看向天花板，像是在思考或確定什麼，然後噗嗤笑了出來，「三月剛過耶，現在是四月。」

「喔……對喔。」

「所以你明年要買的錶，今年要先看好就對了？」她邊說邊笑，覺得眼前這個男生有點可愛。

「呃……沒有啦，就……哈哈，幹我在講什麼？」阿雄尷尬地笑了出來，臉紅了一半，另一半的紅赧正從脖子處慢慢往上爬升。

「欸先生，不能罵女生髒話喔。」

「啊不好意思，我不是在罵妳，那是……」

「是語助詞？」

「哈哈，對，是語助詞。」阿雄說，脖子那塊紅赧這時已經完全爬升到了臉部。

阿雄的朋友此時在門口催促他離開，女店長同時拎著一包食物走進來，想必那是她的午餐。她和阿雄的朋友擦身時四目相接，她不以為意，他卻從頭到腳仔細地端詳了她一遍，然後把視線停在她被短裙包裹得很密實的屁股上。

掛上電話之後，他對阿雄說：「幹！好辣！我下次一定要來問她的電話！」

「一樣問三次嗎？」

「這個可以問六次。」

「為什麼這個就可以問六次？」

「她比較辣啊！」阿雄的朋友面帶淫穢的表情。

他跟女店長後來的發展，阿雄並沒有持續追蹤。對他來說，女店長就只是辣，但女店員親切的笑卻讓他心跳加速。

他花了一個星期的時間，靜靜地觀察她的下班時間、她的車牌號碼和她停放機車的區域，她沒有固定的車位，但有固定的區域。這些資訊齊全後，他決定用最土和最笨的方法去問她，有沒有機會請她吃飯。

他的計畫是這樣的：在她下班前，把自己的摩托車停在她的車旁邊，假裝一切都是巧合，兩個人意外地又碰面，然後問問她有沒有興趣去夜市吃點消夜。

這天，他依計畫騎著機車到了那塊區域附近，花了一點時間找到她的機車，他很心機地把本來停在她旁邊的機車移走，把自己的停進去。看了看時間，還有三個小時她才下班。他在原地抽了一根菸，他的心情很緊張，他的脈搏每分鐘超過一百一。為了分散注意力，他去看了一場電影，但他其實並沒有專心在電影上，他不停地分心去幻想等等和她見面時會怎麼樣、他該怎麼說話才不會被拒絕。

散場後他回到機車停放的位置，那裡一片空曠，一輛機車也沒有，只有地上一整排零亂但能辨識出自己車牌號碼的白色粉筆字。

他們在拖吊場碰面，她沒有發現他，但他當然注意到她，甚至在窗口繳罰單和辦理領車手續時，他偷偷記下了她的名字。

「猜到我的名字，我就給你電話。」這是她講過的話，她記得，他更記得。

「妳叫王素媛。」他臉紅地說著。

他拿到她的電話。

4

阿雄開始以差不多三天兩通的頻率打電話跟王素媛聊天，他也不會聊太久，不會死纏爛打，簡單地話家常，誠意地問候，像認識很久的朋友。

所謂追求異性這樣的事，對阿雄來說，大概是一種照著食譜煮菜的概念，準備好材料，照著上面的SOP，菜自然就煮得出來。照他過去的經驗，面對有興趣的女人，他從不曾感到害羞，從認識到上床，幾天之內就可以達成，中間的過程除了聊天和上館子吃飯，他好像沒做什麼，對象就願意為他寬衣解帶。

一直到認識王素媛，他才發現原來另外一個世界的人和他是不同的。

另外一個世界。

大學對阿雄來說像月球一樣遙遠，所以大學畢業生就像是從月球來的人。他只是個連高中都考不上的壞學生，他清楚地記得高中聯考的分數，七科加起來不到五十分，他連國文科佔了四十分的作文都懶得寫，還願意進考場是給足了父親面子。如果不是父親幫他報名那種幾乎只要繳了學費就可以入學的私立高職的話，他這輩子都不會知道國中以上的學校長什麼樣子。

高一就因為操行不及格被留校察看，高二直接被退學，光是打架抽菸頂撞師長就吃了六支大過四支小過，透過罰勤記嘉獎之類的方式將功折罪他完全沒有興趣，他兩年不到的高職學校生活只是國中的延續，而且有過之而無不及，國中怎麼糟，高職就更糟。那間學校在市內原本就聲名狼藉，大概只有被聯考淘汰，又想混個基本高中職文憑的人才會去報名，學校裡的好學生數量少得比瀕臨絕種的動物還少，他周遭的同學不是一樣糟就是比他更糟。

環境讓他認識不了素質好的人，他也不屑認識，他看上的女孩子也大多都是太妹模樣，抽菸染髮穿黑絲襪是基本款，一旦和異性互相看對眼了，不需要多久就會宣佈兩人進入交往關係，而天知道到底是什麼樣的審美觀讓他們願意步入愛河。對女生來說，或許是那些逞凶鬥狠的男子氣概，對男生來說，就是長相在水準之上，而且胸部看起來不算小就好。甚至阿雄還有過一個和剛認識的別科系女同學傳緋聞傳到變男女朋友的經驗，明明他只知道對方的名字，聊過一次很簡短的對話，接著緋聞不知道怎麼傳開，所有人都認為他們正在交往，他否認到後來把心一橫，直接去問那個女孩子，「既然都被傳成這樣了，那就在一起吧，好不好？」

而那個女孩回答「好」。

當天放學他們就在學校附近的紅茶店接吻，晚上他們就在公園裡互相愛撫，只差沒有脫掉褲子，如果他們有足夠的錢，大概會去開房間。

阿雄自己知道，講學歷論經歷，他沒有什麼能說嘴的，對比滿街跑的知識份子，他自認不如，也因此有些自卑。所以他交往過的對象，也只會是跟他程度差不多的女孩子。

當他被王素媛吸引，卻又因為這個心理因素而不知該如何是好。他的心動和他的自卑同時產生化學效應，那像是一顆在心裡形成的炸彈，每次想起王素媛而心跳漏一拍的下一秒，炸彈就被引爆。

所以當王素媛和阿雄在電話裡聊天時問到「你交過幾個女朋友」，他回答不出來，他不知道那些來去很快的算不算女朋友，他甚至開始思考自己對那些女孩子到底有沒有用過心。他認為那些女孩子在面對同樣的提問時，應該也會思考和他一樣的問題。

「五、六個吧，我沒算過。」阿雄不好意思地回答，他的語氣明顯在退縮，彷彿想逃避。

「噢，老天，我是不是正在跟一個花心少爺講電話？」

「我活到二十八歲交過五、六個算花心少爺？」阿雄一副被冤枉的表情。

「不，你誤會了，」王素媛嘴角上揚，「我的意思是，如果你連交過幾個女朋友都不確定，那八成表示你對感情這件事不太在意，甚至很可能見一個愛一個，那些人的來去對你來說不是什麼重要的事，我猜現在問你去年的這個時候跟誰在一起，你可能連人家的名字都忘了。」

去年？阿雄的頭上冒出好幾個問號，他開始翻找著記憶裡的一年前，那時是不是有誰和他正在感情的進行式，他想得起那個女人的樣子，也想得起他們做愛時那個女人美麗的裸體，但就如王素媛所言，他忘了那個女人的名字，他只記得那是在酒店認識的女公關，她的花名叫小亞，她的胸部是C罩杯，她喜歡吃臭豆腐，他們只交往了幾個月。

「不對，你猜錯了，我記得她的名字，而且我還滿喜歡她的，可惜個性不合，在一起不久。」阿雄毫不猶豫地說了謊，他和小亞從沒有什麼個性不合，就是很快地不喜歡彼此了而已，分手講得非常乾脆。對小亞來說，阿雄也只是一個客人，她確實喜歡阿雄，但不會太認真。

阿雄對自己毫不猶豫地說謊感到有些驚訝，他不是沒說過謊，但他從來不曾因為害怕「被討厭」而說謊，他希望自己在王素媛面前是個好人，這是讓一個人喜歡上另一個人的基本條件。

「是喔，好吧，我自作聰明，真不好意思。」

「沒有，妳真的是聰明的，坦白說，我還沒認識比妳更聰明的女孩子。」阿雄打從心底讚美著王素媛，他和她說話時，腦袋的轉速都幾乎要超載。

「真的假的？你是刻意在讚美我吧？」

「真的啦，妳是我認識的第一個大學畢業的女孩子。」

「你騙人。」

「我沒騙妳。」

「現在大學生滿街跑，你講這個太誇張。」

「我有更誇張的，我連念那種交錢就可以去念的高職都沒畢業。」

「怎麼可能？」

「我發誓。」

「所以你才當流氓？」

「我像流氓？」

「你不是像，你就是。」

「妳們大學畢業的女孩子不會喜歡流氓對吧？」

「拜託，你不要這樣想，講得好像大學畢業的人有多看不起其他人一樣。」

「不會嗎？」

「當然不會，我們跟你們一樣是平凡人，大學畢業，甚至碩士博士也有很爛的壞人，相對的，混流氓的也有好人。」

「就像我？」阿雄在電話這頭指著自己。

「你覺得自己是好人嗎？」

「妳覺得呢？」

「我不知道，但我希望你是。」

我希望你是。

一直到和王素媛正式交往，阿雄都沒忘記她這句話，「我希望你是。」

如果事情用百分比來比擬，那阿雄想離開那個是非很多的兄弟流氓圈子，有百分之八十是因為這句話，另外百分之二十是他也知道自己身處的地方不是什麼好環境，多次有人聚眾到他圍事的酒店鬧事，打架砍殺這種事他早就已經習慣，只是當他總是自己到醫院包紮傷口，所謂的老大也不過是包個紅包給他們去去霉氣壓壓驚，這讓阿雄不禁懷疑，或許有一天他死在路邊也沒人來收屍。

阿雄離開了酒店業，跟朋友合開了正當營業的酒吧，王素媛支持他。

阿雄跟朋友翻臉，酒吧倒閉，王素媛安慰他。

阿雄開計程車維持生計，收入不穩定，王素媛鼓勵他。

一直到阿雄回家接手父親的資源回收場，開始為自己打拚，王素媛也都沒有缺席。

他花了兩年多的時間改變自己，那些過程的點點滴滴她都看在眼裡。即使兩年多來，他對她的追求若有似無，她也知道那是他在做準備，做那些可以和她匹配的準備。他們看過幾部很賣座的電影，吃過好幾次飯，高雄的每一個夜市都快被他們逛爛，阿雄一直沒有表白，王素媛在等待。

一直到她離開了鐘錶店，找到幼稚園老師的工作那天，他陪她一起去慶祝。他訂了一間高級鐵板燒，還準備了一個禮物要送給她，那是一支愛的小手，他說那是給她拿來打那些不聽話的小屁孩用的。

王素媛因為那個禮物笑開了，「我以為你送我這個是用來打你的。」

「幹嘛打我？我很乖啊！」

「你不乖，你自己知道你一直都不是個乖孩子。」

「是喔，那王老師，如果妳在幼稚園裡遇到跟我一樣不乖的小孩怎麼辦？」

「我就把他當作是你來揍，狠狠地揍，用你送我的這支愛的小手！」

「愛的小手名字根本取錯，這根本就是恨的小手。」

「你怎麼知道我打你的時候只有恨？」

「打人的時候會有愛嗎？」

「我打打看，看我有沒有愛。」

阿雄故意伸出手來，做出要被老師打手心的樣子，「欸，打完如果沒有怎麼辦？」

「不怎麼辦，最多讓你打回來。」王素媛高高舉起那支愛的小手。

「可是我不用打妳就知道有愛了。」即使阿雄仍然維持著那個準備挨打的姿勢，但他的語氣突然認真起來。

「你愛我啊？」她問。

「嗯。」阿雄點點頭。

「不要點頭，用說的。」

「我愛妳。」

「再一次。」

「我愛妳。」

彷彿掉進時間暫停的空間裡，有十秒鐘左右的時間，他們維持著原本的姿勢，眼睛像是要把對方望穿一樣地看著對方，同時說著不太符合畫面的對白，一旁正在替他們做乾煎紅喉魚的鐵板燒師傅用眼角餘光瞄著，不禁噗嗤一笑。

飯後，阿雄叫了部計程車陪王素媛回家，到了她家巷口，王素媛看著她，微笑對他搖搖頭，他收到她眼裡的訊息，她在告訴他：「我今晚不想回家。」

阿雄請司機找了一間他熟悉的汽車旅館，才剛進房間他們就開始擁吻，在鐵板燒餐廳喝掉了一瓶紅酒，他們的親吻中都帶著酒精的鼻息，急促的呼吸、和著酒味的唾液，在在加速著他們的慾望。他們的舌頭互相在彼此的嘴裡交纏，他脫掉她的上衣，黑色的內衣包覆她的胸部，在昏黃的燈光下，依然可以看見那些青色的血管從她白皙的皮膚裡透出來，他熟練地解開她的內衣扣，她原本環住阿雄脖子的雙手開始向下探索，然後停在他已經隆起的褲襠，他揉捏著她的乳房，親吻著她的乳頭，她忍不住叫出聲音，生理反應驅使他們脫掉褲子，他們想擁有彼此。

這天，他們用性愛向對方宣示今後將屬於彼此，阿雄更是破天荒地在一夜之間和王素媛做了三次，他從來沒有過這麼想要一個女人時候，他開始明白，過往和那些女人之間的關係，只是某種程度的彼此需要，感情並不是驅使他與她們做愛的主因。

「呃……我有個問題想問妳。」阿雄說。

「什麼問題？」她靠在他懷裡，像小船找到了可靠的港灣。

「我連高職都沒畢業，妳會不會……」

自卑心理作祟，就算擁有王素媛像是擁有了全世界，他此時心中唯一的不安還是需要得到紓解。

「那你明天就去把高職跟大學的文憑補完，之後再來找我，好嗎？」

「不好。」

「那你就閉嘴，不管以後我們之間能走多遠，我會討厭你多少壞習慣，看不順眼你多少事情，都絕對不會有學歷這一件。」王素媛雙手手掌擠壓著阿雄的臉頰，像是在教訓一個孩子。

5

警察在阿雄家裡待了將近三個小時，刑事局鑑定科在整間房子裡做完整的蒐證，王素媛的屍體擺在醫院裡的冰櫃，法醫近日會排定時間進行解剖以確定死因，再綜合蒐證結果來確定是否有他殺的嫌疑。

阿雄是第一個被警察懷疑的人，也是第一個被警察排除懷疑的人，命案現場，除了地上那架碎裂得亂七八糟的烤箱之外，沒有任何打鬥的痕跡，王素媛自殺的現場也保留著原來的樣子，阿雄從頭到尾配合警方的調查，對警察提出的所有要求都沒有異議，包括把他帶回警局裡等待結果，同時向保險公司調查有沒有異常加保的情況。

他是死者的未婚夫，也是第一個發現死者的人，面對冰冷的調查過程，他的悲傷顯得非常渺小，除了警察提出問題的答案，他沒有任何一句多餘的話，連咳嗽都很收斂。他只是不停地點菸卻不抽，直到菸燒完了就再點一根，長長的菸灰掉落在他的腳邊，菸屁股插滿了整個菸灰缸。

「你幾點回到家的？」

「兩點十分。」

「你為什麼記得是兩點十分？」

「我下計程車時看了一下時間。」

「你進家門之後做了什麼？」

「我喝了酒，回家覺得口渴，打開冰箱拿冰水出來喝。」

「然後呢？」

「然後我走進房間，沒看到我未婚妻躺在床上，覺得奇怪，然後發現浴室的門關著，但燈亮著，打開門就看見她躺在浴缸裡。」

「然後你開始急救？」

「不，我先叫救護車，然後才急救。」

「你急救了多久？」

「我不知道，幾分鐘吧，然後救護車就來了。」

「你們這幾天有沒有發生爭執？」

「我們以前很常爭執，但都是小事小吵架，最近沒有。」

「你們長久以來的感情狀況好嗎？」

「不錯。」

「她身體狀況還好嗎？」

「一直都不錯，她是幼稚園老師，生活很規律，下班後會去健身中心運動。」

「那她的精神狀況呢？」

「什麼意思？」

「你知道她有在吃抗憂鬱類的藥物嗎？」

「不，我不知道。」

「她定期在吃藥，你卻不知道？」

「我知道她大概從一年多前開始定期看醫生吃藥，但她告訴我是慢性偏頭痛藥和營養保健食品，我也沒去翻看她的藥袋，我不知道是抗憂鬱藥物。」

「所以她是不是有憂鬱症？」

「沒有，至少我不覺得她有什麼特別奇怪的地方。」

「你發現她的時候，她就已經沒有呼吸心跳了？」

「那當下我很慌，全身都在發抖，我有測過脈搏，我不知道是我的手在抖還是我不專業，我沒有測到。然後我用力拍她的臉叫她名字，但都沒有反應，我沒有測心跳，我直接CPR。」

「你為什麼會CPR？」

「當過兵都學過，雖然學得很爛。」

「她最近有沒有跟你講過什麼難過的事？」

「沒有。」

「你有沒有經濟方面的困難？」

「沒有。」

「她呢？有沒有？」

「沒有。」

「在外面欠錢或是地下錢莊？」

「都沒有，我跟她都沒有。」

「許先生，接下來的問題比較直接，但只是調查需要，沒有惡意，請你見諒。」警察把手上的記錄翻頁，亮出完全空白的一面，他的問話沒有情緒、沒有溫度、沒有任何起伏，像個機器人。

阿雄沒有回答，也沒有點頭，他只是熄掉手上已經燒盡的菸，然後再點一根。

「許先生，我們繼續？」

「嗯。」阿雄點頭，他的眼神顯得非常疲憊。

「你是做什麼生意的？」

「資源回收。」

「古物商？」

「對。」

「平常生意怎麼樣？」

「還過得去。」

「有沒有跟同業有恩怨？」

「沒有。」

「最近有沒有得罪過誰？」

「沒有得罪人，但有人得罪我，算嗎？」

「誰得罪你？」

「我的生意夥伴，不久前他搞砸了一筆生意。」

「有損失嗎？」

「幾萬塊而已，但我不覺得這跟我未婚妻的案子有相關。」

「相不相關你不用管，只要回答就好。」

面對警察冰冷的語氣，阿雄只是喔了一聲。

「你有沒有跟他發生衝突？」

「沒有，但是有告訴他別再亂來。」

「你今天去哪裡喝酒？」

「酒店。」

「有公關小姐的那種？」

「對。」

「哪一間？」

「兩間，君豪跟維也納。」

「你未婚妻願意讓你去那樣的場合喝酒？」

「我是做生意的，應酬需要，她一直都知道。」

「知道是知道，但她同意嗎？」

「她同意。」

「你們的感情狀況如何？」

「我？」

「對，你外面有沒有其他女朋友？」

阿雄瞄了警察一眼，他的眼神彷彿在告訴警察，「老子不喜歡這個問題。」

「沒有。」

「你多常去酒店？」

「一個月七、八次。」

「大概一個星期兩次？」

「差不多。」

「有沒有包養小三之類的？」

「沒有。」

「那你的未婚妻呢？」

「什麼？」

「她的感情狀況？」

警察的問話像是產生了回音一樣，眼前的一切好像開始變成慢動作，阿雄把視線停留在自己手上的菸頭，用這個看起來比較像專心在某個事情上的方法，試圖拉回那些已經逐漸潰散的思緒。

但他幾乎失敗。

他想起王素媛放在桌上的兩張A4，他下意識摸了一下口袋，好像在確定那兩張紙一直在他的口袋裡，他想起那裡面的內容，警察的問話讓他彷彿進入某一個空間，他好像就站在一間陌生的房間裡，四周充滿了菸酒和著廉價古龍水的味道，一對男女就在床上做愛，那個男的用手撐開女人的大腿，一臉獸慾得逞的淫穢模樣，那男人呼吸非常急促，那女的雙眼緊閉，對於正被一個男人用生殖器插入陰道、拚命衝刺這件事沒有任何反應，像是睡著了，更像是死了。

阿雄的腦門就像快要爆炸了一樣，那對男女的做愛畫面不停地在他腦海裡播放，他的理智告訴他，這一切都是幻想，但他此時無法分辨真假，他只感覺到一股洶湧並源源不絕的痛苦與憤怒往身體裡倒灌，他的拳頭慢慢握緊，他的眉頭緊鎖，深得不能再深。

那個正在被幹的女人，那緊閉雙眼沒有任何反應的表情，就是王素媛躺在浴缸裡的樣子。

此時一陣吵鬧把阿雄拉回現實，他的拳頭依然沒放開，他的眉頭一樣深鎖，有個流浪漢裝扮的醉漢被警察抓回派出所，他醉得徹底，食指朝四周漫天亂指，嘴裡髒話猛飆，說玉皇大帝是渾蛋，耶穌昨天才跟他一起喝酒。警察怕他跌倒撞傷頭，替他戴上安全帽，把他壓制在椅子上，聽一旁員警在聊，他剛剛站上停在馬路邊的騎車車頂尿尿。

「許先生？」問話的警察拍了一下阿雄的肩膀。

「嗯。」

「問題沒有聽清楚嗎？」

「有。」

「請你回答。」

「她沒有什麼感情狀況，她外面沒有男人，她沒有被包養，她愛的是我。」

說完最後一句，阿雄的情緒顯得比剛才冷靜應對時要來得激動，問話的員警安撫了他一下，他離開座位，拿了一杯水給阿雄。

「不好意思，這只是例行程序，問題直接了點，很抱歉。」

「問完了嗎？」

「差不多了，但我還是要跟你說明一下，雖然那看起來是個自殺現場，不過我們還是要把狀況都搞清楚才好處理，那些情殺仇殺或是為利益之類相關的問題我們也不想問，但是沒辦法，請你見諒。」

「好。」

「最後幾個問題，再麻煩你配合一下。」

「嗯。」阿雄回復了情緒，但應對顯得非常冷漠。

「你回家之後有沒有發現什麼不尋常的狀況？」

「沒有。」

「地上的烤箱摔爛，你有發現嗎？」

「我晚回家的話，向來都只習慣開小燈，烤箱摔爛的位置在落地窗前面，小燈的範圍照不到。」

「所以是沒有？」

「對，沒有。」

「那是你未婚妻捧的嗎？」

「我不知道，應該是。」

「不是你捧的就對了？」

「不是。」

「你出門喝酒前兩人沒有爭執？」

「沒有。」

「她最後跟你說的話，你還記得嗎？」

記得。

阿雄當然記得。

前幾天，阿雄託幾個常出國的朋友找一些比較可靠的旅行社，他要收集一些國外的蜜月資訊給王素媛挑選，他這輩子從來沒有出過國，對這些事情完全沒概念，朋友收集了幾個地方的行程資訊還有報價，阿雄在睡前拿給王素媛看，兩人趴在床上一起翻閱資料，興高采烈地討論著是要去歐洲去美國去日本還是去澳洲。

「我以為你不會處理這件事。」

「為什麼？」

「通常蜜月這種事都是女人來規畫，男人負責出席就好，大部分的男人都認為蜜月旅行只是一種手續或是救贖，去了蜜月才算把結婚這個冗長的程序走完，同時不會讓太太在將來的幾十年夫妻生活中有機會拿『怎麼沒有蜜月』來說嘴。」

「這是哪裡聽來的結論？」

「我那些已經嫁人的朋友、同學或同事都是這樣說的。」

「那表示我比大部分的男人要優秀囉。」

「不，」她伸手撫摸阿雄的臉，「優秀的是我，才會選你。」

王素媛說完，深深地吻了阿雄。阿雄伸出舌頭回應，兩人很快地脫掉才剛換上的睡衣，沒穿內衣的王素媛有些嬌羞地用手擋住自己的乳頭。他把她的手拿開，用嘴包覆，同時伸手往下探，王素媛已經濕得不像話。阿雄把王素媛翻過身，讓她翹起屁股，從後面進入。

他怎麼也沒想到，這會是他們最後一次做愛。

「許先生，你還有沒有什麼要補充的？」

阿雄搖搖頭，看著地上，「沒有。」

「那我再跟你確定一次，死者王素媛是你的未婚妻，對嗎？」

「對。」

「好，我跟你說明一下，因為屍體可能要解剖確認死因是否為自殺，而你不是家屬，所以我們必須請她的家人來，經過她的家人同意才能解剖。」

「我是她的未婚夫，為什麼不是家屬？」

「很抱歉，法律上，未婚夫不算家屬。」

「我們在一起好多年，早就是家人了！我們都要結婚了！」阿雄語氣激動。

「是的，但要結婚才算。」

「那我算什麼？」

「你是命案的發現者。」

阿雄手抱著頭，頭髮從他的指縫裡叉出來，他的眉頭皺成漩渦。

警察繼續問：「她家裡有誰？父母親或兄弟姊妹？」

「她沒有兄弟姊妹，父母親都在。」

「那你有沒有電話？當然我們也查得到，但如果你有，麻煩你提供，這是最快的。」

「我有……」阿雄無力地說著。

「號碼是？」

「等等……」

「嗯？」

「是要請她父母親來嗎？」

「對，只有家屬才有權利同意解剖。」

「那……電話我來打，好嗎？」

「好，麻煩你了許先生。」

他拿起手機，翻找著電話號碼，同時藉由深呼吸整理紊亂不堪的心情。

這種消息，再怎麼委婉陳述都太殘忍，但就算再怎麼不願意，他還是必須打給王素媛的父母親，告訴他們，她走了。

6

阿雄知道王素媛的父母親其實並不喜歡他，如果不是這兩年多來的努力，他們寧願把王素媛綁起手腳關在家裡，也不願意讓她跟阿雄見一面。

王素媛的父親是個退休老師，祖籍四川，小時候跟著父母來到台灣，長年住在屏東，年紀已經七十多歲了，是忠貞的國民黨員。晚婚的關係，只生了王素媛這麼一個女兒。在王素媛高中畢業將要升大學的時候，他就開始教育她不要跟本省人談戀愛的觀念，他是二二八事件之後省籍衝突的受害者，在那段歷史的傷痕裡，走過那個時代的人，不管是本省人還是外省人，都是受害者。

當王伯伯還只是個三、五歲的孩子時，他的父母曾經為了躲避省籍衝突的攻擊而抱著他的弟弟妹妹躲進本省人鄰居家，他曾經回憶道，如果不是那個鄰居是難得的好人，他們家可能早就死光了。發生在這個事件之後，關於那個悲慘年代的遭遇，每次只要碰到農曆過年、清明、端午、中秋等整個家族同聚在一張餐桌上的時間點，王伯伯就會拿出來重複說給家人聽，他是個老師，他知道一再一再地重複一件事，會在腦袋裡種下深植的記憶，他希望能藉此影響自己的女兒。

可惜效果不彰。

王素媛大學時交過三個男朋友，有兩個是本省人，後來都因為父親的反對而分手。她曾經親眼看著自己的男朋友在家門口被父親毫無來由地謾罵，甚至盡其所能地羞辱，說本省人就是沒水準，就是狗娘養的，男友默不作聲地看著她的父親，表情充滿疑惑，他不明白女友父親那腔莫名的憤怒是如何而來，而他到底做錯了什麼。當時她在自己的房間裡，父親不准她出來，母親守在她的房門口，她就像是被軟禁一樣失去自由。她看著窗外呆站在原地被訓話的男友身影，聽著父親的怒吼一字一句穿過玻璃窗射入自己的耳朵，她的憤怒繃緊了整條背脊，彷彿也同時聽到男友的心碎，她咬著牙痛苦地哭泣，把自己的臉埋進棉被中。

在她的觀念裡，她不明白，為什麼感情歸屬的選擇不是「對方的好」，而是「對方的籍貫」，她明白那段歷史留在父親心裡的痛，但她同時也知道父親教育自己選擇伴侶的前提是錯誤的。

所以當她開始對阿雄產生好感，她知道這又將是一次革命的開始。她上一個男朋友在大學畢業前幾天結束與她的交往關係，兩個人才交往幾個月，那個男生就被罵了幾個月。最後一次在電影院門口，電影剛散場，天空下起大雨，她的父親就站在門口，撐著傘，兩眼直視著她和男友，王素媛知道，那是父親第N次跟蹤她和男友約會，他寧願在外面等待電影散場，也不在他們進戲院前阻止，是為了散場後在人群中羞辱她的男友，讓他顏面盡失，知難而退。

「你這個兔崽子欺騙我女兒感情」、「本省人就是不要臉」之類的話，她已經聽過很多，當然她的男友也是，散場路人的眼光投射在兩個無辜的年輕情侶身上，那幾十雙眼睛裡射出的盡是批判。

撐得過幾個月的甜蜜期，撐不過一而再、再而三的言語攻擊，男友選擇不再和她聯絡，她理解但同時難過著。後來畢業證書到手，她選擇離開屏東，到哪裡都好，只要不在家。

她不想和父親起衝突，她用沉默地離家表示無言的抗議。

阿雄和王素媛交往到第三年才第一次聽她正式且嚴肅地提起家人，在那之前，一聊到她的父母親，她多半簡單地應答後就帶開話題。如果不是阿雄的父親簡直拿王素媛當自己的女兒看待，她可能會選擇讓阿雄一直隱形到兩人決定登記結婚那一天，才讓自己的父母親得到消息。她甚至想像過那個畫面，她回到屏東老家，在同樣的噓寒問暖、同樣的餐前飯後，父母親像平常一樣盯著電視機看政論節目，她此時拿出一張已經換發的新身分證，上面的配偶欄寫著一個爸媽完全陌生的名字，她想像著他們因為過度驚嚇嘴巴合不攏的表情，她想像著他們會有多麼歇斯底里的情緒發作，但她愈想卻愈覺得有趣。她慢慢地在心底下決定，父母想認識許照雄這個人，除非願意放下自己心中根深柢固的成見，否則許照雄對他們來說，將永遠只是她身分證上的三個字，她願意把他藏到天涯海角，也不讓他再被父親傷害。

「不可以這樣。」阿雄聽王素媛說完這些她從來不曾提過的種種，他嘴角微揚，手輕拍著她的肩膀，「妳不可以這樣做，連想都不要再這樣想。」

「不，你不知道我爸爸那個觀念有多恐怖，他會……」

阿雄打斷王素媛的話，「妳真的不可以這樣，再怎麼正當的理由，這作法都不對。」

「為什麼？」

「很簡單，對我來說，我爸爸不會希望我偷偷娶個老婆過門，像做錯事一樣不敢讓人知道。」

「可是……」

「同樣的，對妳來說，妳爸媽也不會希望妳偷偷嫁了個老公。」

「我沒有偷偷……」

阿雄沒理會她，繼續說：「妳要知道，他們只有妳一個女兒，耗費二、三十年心血把妳養大，妳沒有見不得人。如果他們知道妳偷偷嫁人，一定會很傷心。」

「阿雄，你聽我說，你沒有被我爸爸刁難過，你不會知道那種痛苦，你相信我，我不會害你。」

「其實我覺得，如果我們哪天直接去偷偷登記結婚，那才叫真的害我。」

「為什麼？」王素媛一副不可思議的表情，她不敢相信阿雄竟然覺得自己會害他。

「妳想想，我們真這麼做了，哪天被妳爸媽知道，如果妳是父母，妳會不會覺得這一切都是許照雄害的？一定是許照雄欺騙我女兒，我要他的命！」阿雄用誇張的表情和動作邊演邊說。

「到時候別說讓他們靜靜聽我解釋了，我連跟他們說哈囉的機會都沒有，不是嗎？」

「……」

阿雄說服了王素媛，同時他也知道，她的父母對他來說是一項嚴格的考驗。第一次和王素媛的父母吃飯，阿雄選了一間位在高雄市中心的餐廳，他知道王伯伯喜歡吃川菜，所以特地請朋友推薦道地的川菜館。

一如預期，王伯伯並沒有給阿雄什麼好臉色看，如果不是給女兒一點面子，他甚至連出席都不肯。從坐下來點菜到上菜之前的十幾分鐘，王伯伯一言不發，王伯母也只是客套地寒暄幾句，連今年幾歲、哪裡人之類的基本問題都沒有提及。

那張飯桌開動後的前二十分鐘，除了「媽，吃菜」、「爸，吃個剁椒魚頭」這些王素媛的招呼之外，沒有任何交談，四個人吃得很慢，好像每個人都有心事。直到阿雄鼓起勇氣問了王伯伯，「伯父，要喝點酒嗎？」他才和王伯伯有第一次的眼神交集。

「聽你的口音，是本地人啊？」王伯伯沒有回答阿雄的問題，他放下筷子，用紙巾擦了一下嘴巴。

王素媛的不安立刻寫在臉上，她看了看阿雄，又看了看父親，想說些什麼，又不知道該說什麼。

「對，我本地人。」阿雄禮貌地笑著回答。

「小媛有跟你說我不喜歡本地人吧？」

「有。」阿雄還是笑笑的，「她警告過我要小心點。」

「既然都警告過你了，為什麼你不怕呢？」

「呃……伯父，我不知道你的意思，要怕什麼嗎？」

「我不贊成她和本地人來往。」

「伯父，我可以了解一下不贊成的原因嗎？是不是我哪裡不好？」

「你是本地人就不好。」

「伯父，如果我可以選擇，為了能跟素媛在一起，我寧願是外省人，但我無法選擇，就像你不能選擇要當哪裡人一樣。」

「對，但我可以不選擇你。」

「伯父，我知道我不是什麼很優秀的人，不過我很希望有機會讓你多了解我。」

「我為什麼要了解你？」

「因為我是你女兒的男朋友，你應該會想了解。」

「從今天開始，你就不是了。」王伯伯說完，把視線轉到王素媛身上，「小媛，妳聽到了吧？」

「爸，你怎麼還是學不會尊重我呢？」

「妳是我女兒，妳尊重過我嗎？多少年來，我講了多少次，不要本省人，妳什麼時候聽過？」

「爸，本省人到底哪裡不好？」

「沒理由！本省人就是不好！」

「是嗎？那你自己講過很多次，你小時候如果沒有隔壁的本省人家替你們掩護，爺爺奶奶早就死了，伯伯姑姑早就死了，你早就死了，不是嗎？」

「他們是好人！」

「所以本省人也有好人啊，外省人也有壞人啊。我是外省人，我是好人；阿雄是本省人，他是好人。只要是我們喜歡的人，對我們來說就是好人，不是嗎？」

王伯母把王素媛的手壓在桌子底下，示意她別再說下去。王伯伯氣得滿臉通紅，耳根子也一片赤熱，彷彿能看見那即將要冒出來的白煙，他眼前的飯還有半碗，桌上的菜也才吃了三分之一，他站起身來，瞪了阿雄一眼，眼神裡透露出一股責怪。王素媛從小到大不曾頂撞過他，今天這個局面一定是被阿雄影響的。他沒再說話，走出餐廳，站在門口，雙手叉腰，他氣憤的程度，從他肩膀的起伏可以看得一清二楚。

阿雄這時向王伯母點了個頭，說：「伯母，對不起，我離開一下。」然後往門口走去，王素媛來不及阻止她，王伯母則壓著王素媛不讓她離開。

時間一分一秒流走，阿雄和王伯伯在門口談了一個小時，王素媛就提心吊膽一個小時，她不時看向門外，從阿雄和父親的背影及動作去推敲他們是不是會發生衝突，但他們沒有，就是站在原地，距離彼此將近一公尺的距離，兩人都在抽菸。

一小時後，王伯伯回座，阿雄跟在後面，他舉手叫來服務生，要了兩瓶台灣啤酒。他拿酒敬王伯伯，王伯伯沒有回敬，連看都沒看一眼。

那瓶酒喝完，眼前的飯吃剩幾口，王伯伯拉起王伯母，「走了，回家。」他說，兩個老人家便頭也不回地離開了。

王素媛滿臉好奇，問號像夏天郊外繞在頭頂的蚊子一樣密密麻麻，「你們講這麼久，到底說些什麼？為什麼我爸進來喝了一瓶酒就走了？」

「我問他，『伯父你會不會渴？我叫瓶冰涼的啤酒解渴好嗎？』他就走進來了。」

「那你們說了什麼？講好久啊。」

「沒什麼，我們大概有五十分鐘都是沒說話的。」

「那剩下的十分鐘呢？」

「我跟妳爸達成一個協議。」

「什麼協議？」

「一個考試。」

「考試？」

「對。我跟他說，我是本省人沒錯，但這不能選擇，用這點打槍我並不公平。我願意接受他的考試，如果我做到了他的要求，他就不再反對。」

「要考什麼？」

「三年內達成一個月賺三十萬。」

「他要你賺錢？」

「對，他很明顯地看不起我的工作，他心裡想的跟大多數人一樣，認為資源回收就是撿破爛的，他覺得我達不到他的要求。」

「那他怎麼會答應？」

「因為我沒跟他說，資源回收場是我的。」

7

阿雄開始建立自己的國度，那一間間被他收購進來的資源回收場，就是他一點一滴累積起來所打下的疆土。

一開始只是父親守了三十多年的舊場址，他明白那個場址在這個行業中發展的問題，在和同行之間相互競爭的同時，他與每一個人都保持友好的關係，在和這些人的談話當中，他完全不避諱地提到舊場址難以成長的經營問題，他誠心發問，並希望能從這些前輩身上獲得一些解決資訊，即使這些前輩其實年紀與他相仿，他還是左一聲大哥右一聲老闆地叫，他用自己特有的草根性和親切感博得大部分同業的好感，加上父親三十多年來在業內累積的資源和人脈，他的起步非常順利。

他先跑去找地主，那是一位年紀比父親虛長一點的阿伯，阿雄都叫他地主伯仔，舊場址附近的好幾塊地都是地主伯仔的資產。地主伯仔從小看著阿雄長大，當然也看過他流氓時期的樣子，他對阿雄是鄙視的，那是一種看見不學無術的流氓時，發自內心的不屑。他從沒想過阿雄會回來跟著父親經營回收事業，也就更沒想過阿雄會來向他開口，說要租那塊臨近舊場址的四方地。

他們兩人在一個太陽正要下班的黃昏時分約好碰面，金黃中帶點橙色的夕照就均勻地鋪在那塊四方地上，在地主伯仔騎著他的老野狼，依約定時間到來時，遠遠就看見阿雄直挺挺地站在那塊地前面，他車子還沒停好，阿雄就對他鞠躬問好。

「雄啊，」操著非常標準的台語口音，地主伯仔把駐車腳架撐起，發出一些金屬鏽蝕的磨擦聲，「原來你爸跟我講的是真的。」

「地主伯仔，我爸跟你說什麼？」

「他說你回來跟他一起做，而且很有野心。」

「沒有啦，」阿雄笑開了嘴，「不是什麼野心啦，就是想說做做看這樣。」

「年輕人有衝勁很好喔！」

「謝謝地主伯仔。」

「所以你真的要跟我租這塊地喔？」

「對，我爸有跟你說過吧？」

「他是講了好幾次啦，我跟他從年輕就是朋友了，地也租給他三、四十年，如果是他要租，我當然沒問題，但是他說是你要租，你要自己做，我就覺得怪怪的耶。」

「哪裡怪怪的？」

「啊你流氓當得好好的，幹嘛回來弄這些？」地主伯仔話中帶點酸氣地說。

阿雄不好意思地笑了笑，「地主伯仔，以前我不懂事啦，現在不會了。」

「喔？這樣？」

「對啊。」阿雄搔搔頭。

「那我問你，你今年幾歲？」

「我三十三了。」

「你回來幫你爸做多久了？」

「三年。」

「三年你就想自己弄一間？」

「地主伯仔，我知道要學的還很多，而且我爸也不會幫我，但有問題我會請他教我，這你不用擔心。」

「你打算怎麼租？」

「看您的意思。」

「這塊地跟你們現在那塊不一樣耶，差很多喔，而且市政府有規畫，這裡會被重劃，價值會不一樣喔。」

「嗯，我聽我爸講過。」

「其實喔，我是很簡單啦，我就是地主而已，不管你怎麼經營，我只要有地租收就好了，你倒了我也沒關係，土地也不會跑掉。」

「您說得對。」

「你要租，看在你爸爸的面子上我租給你，價錢我們再談，不過我要先跟你講，不管多久以後，明年也好十年後也好，只要這裡重劃了，有建設公司要跟我買地，你要搬要收我不管，但我要立刻把地收回來喔！」

地主伯仔講得很乾脆，但其實他心裡抱著看好戲的心態，就算阿雄的表現很誠懇，看起來就是個願意打拚的年輕人，但他依然覺得阿雄不會成功。

但阿雄有他的計畫。

新的回收場被阿雄取名叫「二號」，離舊場址很近，但不能瓜分原本的客源，他必須另外開闢新的客戶。他用父親的營業登記證去向銀行貸款，同時向父親借了一點錢，花了九十幾萬把回收場蓋起來，然後他買了一部二手貨車，用來載運回收品。

他跑遍方圓二十公里以內的所有大樓類型的集合式住宅，向管理委員會表示，希望能包下所有住戶的回收品，即使他知道這些大樓的回收資源大部分都已經有了配合的回收公司，但他心裡想，只要幾十棟裡面有一棟願意，他就有了一定的基本數量。

接著他跑遍全高雄市區的夜市，以攤販為單位，一攤一攤地去拜託攤位老闆讓他承包回收工作，一個夜市上百攤，大型的甚至近千攤，只要有幾攤願意，他的基本數量就會增加。然後他每天買報紙，只看廣告頁面，只要有店面需要頂讓或轉租，他就去詢問店裡的舊東西或是壞物件能不能讓他回收。

曾經他在載貨時誤打誤撞經過一間已經歇業的老舊汽車旅館，向左鄰右舍打聽之下得知，旅館老闆經營不善跑路了，剩下的股東想在原地開一間餐廳，因為旅館和餐廳行業別完全不同，裡面還堪用的電視、小冰箱、床鋪等等有回收價值的東西全都用不上，還在想辦法要找人來回收，阿雄就出現了。

他用總價三十萬買了裡面所有的東西，光電視大大小小就有八十多部，他請了三部大型貨車，花了兩天的時間運完，成本一共四十萬，但那批東西經過處理之後賣給上游回收場，他淨賺三十萬。

阿雄有個交情很好的同行叫賓仔，兩人年紀相同，成長背景也差不多，都是家裡經營回收事業，只是賓仔是那隻幸運的精子，他家是有甲級資源回收執照及環保事業登記證的中型回收企業，資本以億元為單位，家境優渥。但賓仔沒有紈絝子弟的自大浮誇，他低調有禮，而且喜歡交朋友，在阿雄向政府申請較低階的資源回收事業登記證時，賓仔在那既繁瑣又複雜的來回程序中幫了很大的忙。

有一次賓仔拿到一單阿雄永遠都拿不到的買賣，那是一艘廢棄貨船，在中船公司準備拆解，要拿到這種等級的標單，必須要擁有相對應回收執照的公司才有競標資格。這筆買賣的有價廢棄品中有八成是金屬，標單分成好幾部分，賓仔用自己家的執照競標，得到了其中一部分。他向阿雄說：「這個標的五百萬保證金我出，你負責去收，保守估計賣掉可以賺三百萬，我們一人一半，如何？」

對阿雄來說，只要出力，不需要出一毛錢，就能賺到至少一百五十萬。

對賓仔來說，賺多少錢不是重點，能跟朋友一起賺錢，又能給自己的爸爸一個

「我有在幫公司做事」的交代，一舉兩得，何樂不為。

一個月後，這個標單賣了三百六十萬，這只是賓仔和阿雄合作的第一個標單。之後只要賓仔拿到類似規模的標案，他總是第一個找阿雄合作。像賓仔這樣願意互相幫忙的朋友，阿雄擁有不只一個。即使程度不同，那些幫助對阿雄來說都是可貴的。

他的回收事業慢慢地壯大，他開始請幾個剛退伍，但因為學歷不高，找不到工作的年輕人來場裡工作，從夜市、大樓和一些工業區裡的工廠回收進來的貨一天比一天多，他的回收場很快地趨近飽和。

於是，他興起了再租一塊地的念頭。

一天晚上，他忙完之後，全身髒污，臉上流著黑色的汗水，來到地主伯仔的家門口，向他提出要再租一塊地的要求。而地主伯仔跟他說的話，讓他完全改變了原來的想法。

「我聽一個朋友說，仁武有一間回收場的老闆簽六合彩輸到脫褲子，」地主伯仔一邊說一邊逗趣地表演，「這個老闆你爸爸也認識，他回收場生意很好，客源很穩定，而且附近的工廠都固定時間賣他廢料，但是賺的哪來得及他去賭，聽說到處借錢周轉，借到沒人要理他，最後跟地下錢莊借，錢根本還不完，現在被地下錢莊逼債，快跑路了。」

「地主伯的意思是？」

「你還來跟我租地幹嘛？去買他的回收場啊！」地主伯仔拉高分貝。

那天深夜，阿雄躺在床上翻來覆去睡不著，地主伯仔的話像跳針的唱片一樣不停在腦海裡重複著。

他起床，打開床頭櫃的檯燈，拿了一個計算機，嘴裡開始唸叨著。

「地磅至少要七、八十萬，小磅秤要幾萬，地鋪水泥也要二、三十萬，山貓鏟車要五十萬，隨便算一算也要一百多萬，但是……固定的客源，無價！」

隔天，他把工場的事交給員工，開著車子，他載著滿車的報紙和寶特瓶到仁武這家回收場。他想藉賣東西給回收場的理由，間接找機會和老闆談收購的事。阿雄想得周到，為了老闆的面子，他把老闆拉到一旁去談，沒人聽得到。

「幹你娘咧！說三小！」回收場老闆在阿雄講了幾分鐘之後失去耐性，也可以說是惱羞成怒，他扯開嗓門大罵，脖子上的青筋就快要爆血，正在秤貨算錢的員工和客人全都轉過來看他。

「老闆，不好意思啦，」阿雄趕緊大聲回應，「我東西送錯了，我回去換，你不要生氣，我馬上換來給你。」他扯開話題讓旁人不至於發現老闆動怒的理由，他的臨場反應讓老闆不需要在他離開之後向員工解釋剛剛發生什麼事。

阿雄離開前把自己的名片塞到老闆手上，「不好意思，你別生氣，當我剛剛亂說話，這是我的名片，大家認識一下，以後說不定有機會互相幫忙合作。」

兩天之後，晚上七點，阿雄正要打烊，他的員工都已經先下班。他叼著一根菸，拿出保全卡正要啟動系統，這時電話響起，一個陌生的號碼顯示在手機螢幕上。

「你說想要買我的回收場，還算數嗎？」電話那頭，一個低沉的聲音緩慢地說著，語氣聽起來非常沮喪。

然後，只花了三天，阿雄就跟那個老闆談好價錢，那是他第一次收購別人的回收場，編號「三號」。接下來，像玩遊戲上癮了一樣，阿雄以一年收購一間體質不善的回收場的速度擴展自己的事業，一直到現在，回收場編號已經到了「五號」。

那個他未來岳父給他的考試，他早就達成了。

8

在打電話給王素媛的父母之前，阿雄拿著手機，整個人呆若木雞地看著手機螢幕，他的臉色像是死去的人一樣蒼白，他的眼神像個黑洞。接著他按了一下鍵，手機要他輸入密碼解鎖，這時他感覺到一股冰涼在他的血管裡四處奔流，一種痠麻從他的後腦勺熨開到全身，他說不出那是害怕還是極度的焦慮，他的雙手開始顫抖，他完全不知道這通電話撥出去之後該說些什麼。

他決定先打給賓仔，昨天他們才一起去喝酒，坐在賓仔旁邊的那個女公關是賓仔的情人之一，阿雄不知道她的名字，但每次看見她，她就會在他面前稱讚賓仔，彷彿一個孩子在炫耀自己的禮物，「這是我見過最可靠的男人。」她說。

「她沒說錯。」阿雄心裡這樣肯定著，賓仔確實是個可靠的男人，不論是生意上或是朋友之間，賓仔一向把他當作自己人。

賓仔的來電答鈴是伍佰的〈衝衝衝〉，在他唱到第二次「衝衝衝」的時候，賓仔接起電話，這時是清晨七點，他顯然還在睡夢中，「雄啊，怎樣？」他的聲音還帶著濃濃睡意，非常低沉而沙啞。

「賓仔，我需要你幫忙。」

「好，你說。」

「你現在有空嗎？」

「我忙著睡覺，如果你不讓我睡，那我就有空。」

「我在派出所，你來一下好嗎？」

賓仔聽到派出所三個字，顯然立刻醒了五〇％，「為什麼在派出所？你酒駕被條子削囉？」

「不是，我沒酒駕，你先來好嗎？來了再說。」

「好，我馬上出門。」

二十分鐘不到，賓仔賓士跑車的排氣管聲浪從遠遠的地方就傳進阿雄的耳朵裡，從賓仔家到這間派出所至少有十幾公里，他一定開很快。

阿雄站在派出所門外抽菸，賓仔走到他身邊，「怎麼了？發生什麼事？」

賓仔的手一搭上阿雄的肩膀，阿雄立刻哽咽起來，「小媛走了……」

「什麼東西？」

「小媛走了……」

「為什麼？」賓仔的小眼睛這輩子從沒睜這麼大過。

「她自殺了……」

「為什麼？」

「我……我……」阿雄的痛苦哽在喉頭，像是誤吞一顆乒乓球，胃難以消化之下將球擠出食道一般，他完全說不出話來，手上的菸掉落，他開始咳嗽，然後乾嘔。

賓仔趕緊拍拍阿雄的背，「你慢慢講，慢慢講。」

「我一回到家……就看見她躺在浴缸裡……」

「怎麼會這樣？」

「我們還沒結婚……」

「你慢慢說。」

「她還沒告訴我要去歐洲……澳洲……還是日本……」

「阿雄……」

「我買好的……戒指……還沒拿給她……」

「好啦……你……」

「她死了——」

阿雄的哭聲時而分叉，時而狂亂，一個身強體壯的男人坐倒在派出所前，奮力用手臂摀住自己的嘴巴，眼淚一顆一顆沿著哭到糾結的表情皺紋畫出好幾道水線，他手上的血管浮漲，全身肌肉緊繃到在顫抖，像是在抵抗心裡如火山爆發一樣的悲痛。

派出所裡面的員警偶爾對門口的兩個男人投以側目，他們能理解那些情緒崩潰與發洩，這種景象並不是第一次見到，但那種痛哭總會引發惻隱之心。

幾分鐘之後，阿雄慢慢冷靜下來，他重新點起一根菸，賓仔拿出都彭的高級打火機替他點火，同時自己也點了一根，阿雄用袖子一次一次擦去還在掉落的眼淚，但他已經收起哭聲，用深呼吸試圖平復情緒。

賓仔的腦袋還有一半是空白的，另外一半正在處理剛剛那些哭喊中透露出來的事件內容，但那些內容其實也不仔細，他只知道王素媛死了，她是阿雄的未婚妻，他跟阿雄認識之後就常有機會看見她，他知道她是個幼稚園老師，他知道她爸爸是個討厭本省人的國民黨員，他和她說話可以開點玩笑，一起吃過好幾次飯，還跟其他的朋友一行十幾個人一起去墾丁住民宿兼烤肉，他和王素媛算是滿熟的朋友。

賓仔想問些什麼，但他不知道該怎麼問，更痛苦的是，他想說些什麼來打破現在空白又冰冷的沉默，他知道阿雄現在很脆弱，他需要他，但他完全不知該從哪裡開始表現被需要。這樣的事對他來說太沉重了，他是個幸福的人，他從不曾遇過身邊有認識的人死去，他也沒參加過任何告別式或葬禮，他的爺爺奶奶外公外婆都還在世，他們都是高齡八十幾，但身體依然健朗的老人家。

除了點菸之外，賓仔的手沒有離開過阿雄的背，時而拍拍，時而手心緊貼畫圓，他試圖用這些身體接觸來表達自己的關心與安慰，幾根菸的時間過去，阿雄終於開口說話了。

「賓仔……」他的聲音聽來有些虛弱，像人就要生病了一樣。

「嗯，你說。」

「你認識我多久了？」

「從知道你開始算嗎?」

「對。」

「我很早就知道你了，大概二十年吧，因為我家有在收你爸爸那邊的貨，我知道許伯伯有一個兒子叫阿雄。真正認識你那年我們三十歲，現在三十五，所以是五年。」

「你知道除了這五年，我以前在幹嘛嗎?」

「在當流氓，我知道。」

「會不會是我以前砍人討債，為非作歹太多，這是報應?」

「你不要這樣想，沒有幫助。」

「如果不是報應，為什麼會發生這種事?」說完，阿雄低下頭看著地板，整個人散發出黑色的落寞。

賓仔對阿雄現在的表現和談話內容有一些了解，他喜歡看社會寫實電影或懸疑片，片中常見醫生對受害者家屬做心理剖析，他大學的時候也去旁聽過幾堂心理系的課，不是他對心理有興趣，而是他想追一個心理系的女孩子，他和那個女孩子互動交流時，經常為了拉近彼此距離而問到一些關於心理方面的問題，雖然後來並沒有追到手。

他曾在旁聽課堂上聽教授講到一個實例，一個火災現場，是一間三十年的老舊公寓，消防人員忙著拉水線灌救，附近的居民被集中到安全範圍之外，他們沒有離開，而是留在現場圍觀。經由這些鄰居的提點，消防人員知道四下不見住在三樓的單親父親和他孩子的蹤影，話才說完，就聽見周遭群眾大喊頂樓有人。那個父親抱著八歲小孩在呼救，消防隊費了好大的工夫從那個父親手中接過孩子，但頂樓地板被高溫烤酥了，那瞬間突然塌陷，孩子親眼看著父親掉進火海。

孩子一直認為是自己害死了父親，產生PTSD（創傷後壓力症候群）現象，他一直處在一種驚嚇、恐懼、悲傷、自責等等情緒交迫的壓力下，接著會開始身體不定時顫抖，視線總是固定在某幾個地方，不言不語，拒絕一切跟外界的溝通，需要長時間的心理輔導。

現在阿雄的症狀已經慢慢出現PTSD前兆。

賓仔告訴阿雄，「我爸爸認識很多醫生，醫生一定認識更多醫生，我去請那些醫生介紹，阿雄，你需要一些心理諮詢才行。」

「賓仔，我有沒有跟你講過？」阿雄把頭抬了起來，依然虛弱地說道：「小媛曾經流產過一次，去年的這個月，她的月經沒來，下班時跑去便利商店買了根驗孕棒，那晚我們兩個站在馬桶前面，一起等待那根一百九十九元的棒子開獎，結果是兩條線，她很高興，我更高興，但下一秒她的臉馬上垂下來，她想到我們還沒結婚，甚至連訂婚都沒有，她爸爸只答應我們交往，可沒答應我把她肚子搞大，他會不會把她殺了我不知道，但肯定會把我殺了。」

「然後呢？」

「然後我請我爸爸去提親，但要他絕口不能提小媛懷孕的事，不然事情一定會搞砸。」

「你爸有講嗎？」

「沒有，但她爸爸還是知道了。」

「為什麼？」

「小媛自己說的。」

「她知道她自己的爸爸是什麼樣的人吧，幹嘛把事情搞砸？」

「對，事情真的搞砸了，提親失敗，他爸爸當場把我們趕出門，只差沒拿菜刀當場砍我。」

「後來呢？」

「後來，沒過幾天，小媛就流產了。那天她像平常一樣騎車去上班，在停機車踩中柱的時候用力過猛，上班時一直感覺到腹痛，然後就出血了。」

「馬上去看醫生？」

「沒有，她不想讓幼稚園的同事知道她未婚懷孕，硬撐到下班，滿臉蒼白，連嘴唇都沒有血色，她來找我，哭著說對不起，孩子可能沒了。」

「老天……」

「我趕緊帶她去看醫生，醫生直接宣佈我還沒那個命當爸爸，護士把小媛推進手術室，把還沒排出來的『我的小孩』刮乾淨，我在手術室外面，心好痛。」

「然後呢？」

「然後我去她家跪，跟她爸媽磕頭，一直道歉對不起，她媽媽哭著把我拉起來，她爸爸用手指著我的臉，咬牙切齒地說：『我把她嫁給你，你不只要讓她過好日子，你還要負責把這個孫子給我生回來！』」

賓仔聽得起雞皮疙瘩，他兩隻手快速地互相搓動。

「然後我們就訂婚了，」阿雄繼續說下去，「命運很奇怪，我們失去一個還未出世的孩子，卻得到下半輩子可以一直在一起的機會。」

「所以你不要怪自己，自責沒有任何幫助，雖然用講的都比較輕鬆，但是她走了，你要堅強點。」

「我們選好了日子，訂好了喜宴餐廳，所有婚禮的前置工作都在慢慢地準備著，我們相處融洽，生活美滿幸福，但我笨到從來沒發現……」說到這裡，阿雄突然閉上眼睛，臉色開始漲紅，像是心裡的怒火從臉上的毛細孔燒出來一樣，「她跟我做愛的時候是不快樂的！」

賓仔一聽，嘴巴因為驚訝而慢慢張開，像是地心引力開始增強一樣，他的下巴慢慢地被拉下。「什麼意思？」賓仔皺起眉頭，他不懂阿雄在說什麼。

阿雄從口袋裡拿出那兩張A4紙遞給賓仔，「我們去旁邊，這不能讓警察看到。」他小聲地說。賓仔走到警察看不見的地方，攤開那兩張已經被口袋擠壓到發皺的紙，一字一字地讀下去，沒幾秒鐘，他的肩膀緩慢地聳起，不知道是驚訝還是驚嚇，他的腦門開始脹痛，他的腸胃開始翻絞。

「我的天啊……」賓仔下意識地發出驚呼。

「賓仔……」

「嗯？」賓仔只是應聲，他的視線還停在紙上。

「有件事我一直想不通……」

「什麼？」這時賓仔才轉頭看著阿雄。

「為什麼她寧願一個人去驗傷報警打官司也不告訴我？」

「……呃……我、我想……」

「我是不是不值得她信任？」

「不是啦，她一定是不想讓你擔心。」

「結果她發生這樣的事，我卻還在每天喝酒應酬，我到底憑什麼當人家的未婚夫？」

「阿雄，你不要這樣想……」

「我到底在幹什麼？」阿雄的語氣開始激動。

「阿雄啊，不要這樣……」賓仔走近他，把手搭上他的肩膀。

「幹你娘的我到底在幹什麼！」

話才說完，阿雄開始狠狠地甩自己耳光。

9

賓仔的體格明顯比阿雄小了一號，平常都未必攔得住阿雄，更不用說面對的是已經進入發狂狀態的他了。賓仔用盡全身的力氣，硬是抱住阿雄的雙手不讓他再自殘，值班的員警見狀馬上加入壓制阿雄的行列，那狂暴的幾分鐘像是半個小時那麼長，賓仔精疲力盡，員警滿頭大汗，阿雄被壓在地上，整張臉發紅，脖子的青筋像小拇指一樣粗，他漸漸地不再反抗，而是無聲地哽咽。

十分鐘後，阿雄恢復了平靜，站在警局門口抽菸，但心裡仍然止不住自責，他知道該面對的還是要面對，於是拿起電話打到王伯伯家，接電話的是王伯母。

一個小時後，王伯伯跟王伯母趕到，阿雄站在警察局門口等著，見到他們兩個老人家時，他低頭鞠躬，卻直接吃了無緣的未來岳父一拳，倒退了兩步，他聽見鼻骨喀啦一聲，不知道是斷了還是裂了，眼前一片漆黑，只有無數個亮點像星星一樣閃動，幾秒鐘後，一股暖流流過人中，他用右手蓋著臉部下方，試著阻止鼻血從鼻孔裡冒出來，賓仔扶著阿雄，旁邊的警察拿出面紙替他摀上，但面紙瞬間就紅了，血繼續滴在他的衣服上。

王伯伯在往阿雄臉上掄拳的時候其實並不相信這一切是真的，但清晨天剛亮的電話聲一響，便讓他整個人覺得非常不對勁，並同時感到一股不祥的預感，直到自己的太太拿著電話痛哭坐倒在地上，他才意會發生了大事，他們老夫妻兩不但連衣服都來不及換就衝上車子猛踩油門，甚至王伯伯穿錯了鞋子、王伯母拿錯了老花眼鏡。自從四十多歲之後就沒有開過這麼快的車了，但王伯伯並不害怕，他心裡只在意著電話的真實性，他不相信自己的女兒已經走了，直到他看見警察，和站在警察旁邊的將來的女婿，警局門口的白色日光燈映照出一種淒絕的氣氛，警察不會配合開這種玩笑，他女兒真的走了。

王伯伯怪罪阿雄沒時間在家裡陪王素媛，卻有時間去外面喝酒，他死命握緊拳頭，但沒有再揮出第二拳，只是用他帶著些許鄉音腔調的髒話持續指著阿雄怒罵。阿雄低頭沉默，王伯伯的責備沒有一句是錯的，他知道這一拳算太少，加上剛剛他自己往臉上甩的那幾巴掌都不夠，王伯伯沒有拿球棒從他腦門上砸下去已經是一種寬赦，即使王素媛的死因跟阿雄沒有任何關係，但王伯伯的情緒需要一個臨時的出口，而他的臉和鼻梁是個好選擇，阿雄早就做好這樣的心理準備。

未來岳母哭到幾乎站不起來，她在丈夫一拳往未來女婿鼻子上招呼的時候，除了放聲嚎啕大哭之外，完全沒有任何反應，失去女兒的悲傷在她接到阿雄電話時就將她淹沒，她跟王伯伯不一樣，她在第一時間就相信這是真的，她知道阿雄不是開玩笑，這種事沒人在開玩笑，她只是一直在心裡反覆回想電話裡阿雄說的話，「小媛走了，她自殺了。」她無法接受這個事實，她恨自己為什麼要接起電話，她怪罪阿雄打電話告訴她這些，彷彿只要不接電話，王素媛就不會死一樣。

命案發生，家屬這些臨時但註定會上演的慌亂劇結束之後，該做的事情還是一件都少不了，調查和手續還是得繼續。阿雄鼻子止血之後，賓仔離開了警察局，王伯伯等三人則被警車載到殯儀館。離開之前，賓仔詢問阿雄需不需要陪同，阿雄搖頭，畢竟那裡不是什麼好地方，沒必要還是別去比較好。

「如果需要幫忙，隨時打給我。」賓仔抓著阿雄的手臂，展現義氣一般地說著。

「我會的。」警車門被關上，透過車窗，阿雄的眼神看來充滿哀傷落寞。

警車裡有一股皮椅長久以來吸附了過多尼古丁而散發出來的濃濃菸臭味，阿雄坐在駕駛座正後方，王伯母在他身旁持續哭到抽搐，一分鐘前她還差點昏厥，女警要她休息，但她堅持要去看王素媛的屍體，當然，身為一個母親，肯定是要親眼看見女兒的屍體才願意罷休。伯母的另一邊是王伯伯，他默默地掉眼淚，歲月染白的頭髮和眉毛被射進車子裡的陽光照得發亮。

白色的霧面屍袋上掛著標有死者姓名的名牌，王素媛三個字潦草卻又清楚地寫在上面，殯儀館人員將屍袋的拉鏈拉開，供家屬辨識，這是他們習以為常的工作，就連拉開屍袋之後，家屬所有的情緒反應也是他們習以為常的。王素媛那張清秀蒼白又熟悉的臉映在阿雄他們三個人的眼瞳裡，昨天她還跟阿雄一起吃早餐，昨天下午她還打電話回家問候爸媽的身體健康，現在她沒了呼吸，僵硬冰冷地躺在這裡。

王伯母看了屍體一眼便直接昏厥倒在阿雄身上，阿雄強而有力的臂膀輕鬆地捧著才五十公斤不到的岳母，但他的眼眶卻撐不住悲傷的重量。王伯母被一旁的警察抬到外面的椅子上，王伯伯一言不發，老淚縱橫，無聲地哭泣著，他只在警察詢問死者身分時點頭表示確認，整個室內就只剩下阿雄的啜泣，和屍袋拉鏈被拉上的聲音。

王素媛的父母對解剖與否的答案是否定的，警察也沒有再多問。不管是不希望女兒死後還要被分屍，或是其他任何原因，對警察來說都不重要，因為這表示家屬接受了調查後的死因，而調查結果也幾乎確定這是一件自殺案件。

阿雄當場跪在地上，他的鼻子腫得像臉部正中央藏了一顆乒乓球，他的每一句對不起和著哭聲，糊得幾乎讓人聽不清，但他未來的岳父岳母卻聽得心痛。

葬儀社的人員這時主動到他們面前致哀並遞上名片，對他們來說，這一類的死亡案件和車禍當場死亡的狀況差不多，都是親人突然間就走了，不像生病過世的客戶，在生命最後的那段日子，還有時間好好選擇後事該如何處理、要交給哪間葬儀社。

王伯伯和阿雄手上各拿著兩張葬儀社的名片，但王素媛的後事卻沒有任何開始討論的跡象，阿雄站在王伯伯後方，王伯伯則看著遠方，他們都沒有在思考王素媛的後事。王伯母拿著電話，通知親戚朋友王素媛死亡的消息，她的眼淚從接到阿雄的電話到此時沒有停過，眼睛早就已經腫得只剩瞇瞇眼。

「為什麼？」王伯伯開口了，從見面到現在，終於有一句話不帶髒字。

「爸……你是問……」

「我不是你爸！」他突然拉高聲調，「操你媽的我不是你爸！」他的高音調引來其他在殯儀館替親人辦後事的民眾注意。

「對不起，王伯伯……」

阿雄話還沒說完，王伯伯又是一巴掌直接招呼過來，就算阿雄身強體壯，但臉皮並沒有肌肉可以練，這巴掌依然把左臉打到發麻，左耳一陣嗡嗡作響，配合著早就已經腫脹的鼻梁的痛楚，阿雄整張臉揪得像包子。

「你告訴我為什麼？為什麼我女兒交給你卻死了！」

阿雄忍著痛回答，他的眼淚被眼眶擠了出來，「王伯伯，請你聽我說，不管你是不是誤會了什麼，但請你相信我，我並沒有做出任何對不起小媛的事，我……」阿雄本來想再解釋些什麼，但他知道說什麼都沒用，「對不起……」是的，除了道歉，他說什麼都沒用。

「我不要道歉！我要知道為什麼？」

「王伯伯，我沒有……」

「沒有？那她為什麼要自殺？我的女兒怎麼可能自殺！」

「王伯伯，別這樣，請你先冷靜一點……」

「冷靜你媽！我女兒都死了你還叫我冷靜，我操你媽！」

「王伯伯你別這樣……」

「你這個死撿破爛的！我他媽真倒楣……我女兒真倒楣，怎麼會遇到你……我操……」王伯伯邊說邊把老婆拉走，邊走還邊回頭大聲叫罵，「這是我女兒的後事，我自己辦，跟你沒關係，我不要再見到你！」

阿雄跟在後面，卻攔不住他們上計程車，車門關上駛離的時候，他還能聽見王伯伯在車上大罵的操聲。

他站在路邊，喉嚨像是被老虎鉗夾住一樣無法吞嚥唾液，呼吸卡在鼻子和嘴巴之間，上上下下來回擠壓，一種難言的痛苦從他的脊髓末端慢慢爬上他的後腦勺，他的視線停在計程車已經消失的路底，而他感覺有幾道從附近射向他的視線，他彷彿能聽見那些人心裡的ＯＳ，「那八成是害死別人女兒的爛男人」、「他的鼻子腫成那樣，被打活該」。

他的憤怒、痛苦、悲傷、哀慟、不滿等等所有情緒瞬間在心裡面爆炸，鼻孔再次冒出鮮血，他恨得咬牙切齒，上下顎用力的程度，幾乎要將後排的牙齒咬裂。

「啊——」阿雄跪了下來，雙手撐在地上怒吼著，憤怒的回音在四周旋繞不去。

10

回收場還是跟平常一樣，每天早上七點開工，一直到晚上七點關上大門。阿雄把每一個工作都訂好了ＳＯＰ，每一件工作只要照著ＳＯＰ就不太容易出錯，就算出錯也不會是大錯。因為ＳＯＰ明確，所以阿雄手下每一間回收場的每一個員工都得到完整的ＳＯＰ訓練，這是他在酒店裡學到的經營哲學，他原以為耍流氓當圍事那些年的日子都白過了，卻沒想到酒店裡每一個工作環節的ＳＯＰ理念根深地建立起他現在經營事業的觀念，在他還只是個酒店少爺，靠小費過活的日子，那些遞酒杯、上毛巾、送冰塊等等的每一個步驟都不能馬虎，就連走出包廂門口的敬禮答謝都要求九十度垂直，這些SOP不難，難的是將SOP實踐在每一個細節裡，就像他回收場的事業一樣。

而今，阿雄在回收場的功能跟幾年前什麼事情都要自己動手的當時已經完全不同，他把每個員工都訓練得很好，他對每個員工的照顧也都無微不至，他肯給高於行情的薪水，也願意在過年過節時包給員工接近三分之一月薪的紅包，他的員工都樂意為他辛勞工作，於是他在回收場裡的功能，除了談定一些較大宗的回收工作之外，大概只剩下跟客人打屁維持關係，以及分擔一點粗重的工作。

但王素媛自殺的隔天，他沒有到回收場去。他坐倒在浴室的地板上，浴缸裡半滿的混著鮮血的紅色血水並沒有被他漏掉，地上牆上的噴濺血跡也都還在，家裡到處可見刑事組鑑識科的採證痕跡，血跡乾了之後，混在空氣中的氣味和著王素媛平常使用的沐浴乳香味，在在提醒著他前一天所發生的事。家裡客廳那個大櫥櫃中擺的好幾年前賓仔送的皇家禮炮二十一年一百桶精選威士忌已經被他喝光，空瓶子就倒在他身邊，他赤裸著上身，下身也僅穿著內褲，胸前鋪著一大片半濕半乾的穢物，那是他的嘔吐物，明明馬桶就在他面前，但他根本不想移動，他只希望把自己喝醉然後睡著，因為睡著的時候，他不需要醒著承受失去未婚妻的痛苦。

但是他失敗了。即便他喝醉了，但依然沒有睡去，王素媛死去的痛遠大於被酒精麻醉的效果，迷濛中的他依然每分每秒被昨晚回家後的每一個畫面折磨著，他感到天旋地轉，心如刀割，他開始懊悔過去花了太多時間在工作跟應酬上，如果那些時間再分出一半來陪王素媛，說不定他可以看出一些她的不對勁，就算沒有看出任何端倪，他也可以多帶她出去走走旅行，說不定多一些快樂的時光，她就不會一直一個人獨自承受那些痛苦，最後自刎。

他再一次痛哭失聲，舉起右手抹去臉上的鼻涕眼淚，些許嘔吐物因此沾黏在他的臉上，但他並不以為意，這時他感到一陣尿意，卻連馬桶都沒看一眼就直接解放，被淚水模糊的視線在浴室裡來回環視，他心裡只想著，「我真想死。」

之後幾天，阿雄嚴重失眠，他幾乎不曾闔眼，每次就要睡著之前，一股不知名的力量就會將他再推向另一個精神緊繃的極限。他吃光了家裡的存糧，冰箱裡的蔬菜甚至沒有煮過就直接生吃，他沒有換過衣服，沒有洗過澡，身上的嘔吐物早就乾到掉在地上。

賓仔曾經來過，他打了很多電話阿雄都沒有接，心裡擔心會出意外，便帶著便當、包子饅頭麵包和一堆茶飲來敲門，他看見阿雄的車子停在車庫裡，阿雄的鞋子也擺在門口，他篤定阿雄一定在家。站了十分鐘，阿雄終於開門，只穿著內褲、滿臉鬍碴的阿雄差點嚇得他漏出一滴尿，不敢相信才幾天，痛苦竟然可以這麼快把一個多年老友整得不成人形，他幾乎都不認識他了。

然後便是一股刺鼻的酸臭味迎面襲來，賓仔感到噁心，硬是把想吐的感覺吞進去，他把東西放到桌上，拉著阿雄到沙發上坐下，關上大門，然後把緊閉的落地窗全部打開。這時賓仔才真正有機會看見事發之後阿雄家的全貌，雜亂、發臭、浴室的方向飄出一陣陣不知道該怎麼形容的味道，賓仔以前曾經來過阿雄家，整齊清潔得讓人懷疑王素媛是不是有嚴重的潔癖，但現在完全相反。

「雄啊，你這樣不行。」賓仔皺著眉頭，擔心地說。

阿雄沒有回應，只是兩眼無神直視前方，然後逕自拿起一根菸，賓仔幫他點上。

「你去洗個澡，然後我帶你去吃飯，好不好？」

回應他的依然是沉默。

「那不然這樣，你家裡這麼亂，我現在叫我家菲傭過來幫你整理，然後我帶你去飯店梳洗一下，我們再去吃飯？」

阿雄終於回應，但也只是搖搖頭。

「欸，」賓仔往阿雄頭上拍了一下，「你這樣有什麼意義？」

阿雄再次搖頭，賓仔不懂這意思是「沒有」、「不知道」還是「不要問」。

賓仔想了一個辦法，他試圖把話題轉到其他地方，其他阿雄更在意的地方，「小媛還放在殯儀館？」賓仔問。

阿雄還是搖搖頭，「我……不知道……」奏效了，阿雄說話了。

「什麼叫不知道？後事不用辦？」

「她爸媽不讓我辦，她爸還說不要再看到我。」

「你就真的這麼聽話喔？」

「你覺得呢？」即便有氣無力，阿雄總算正眼看了賓仔一眼，「我這幾天打了好多通電話，她爸媽根本不接啊！」

「她爸媽接不接很重要嗎？你還是要去啊。」

「去哪裡？我能去哪裡？我根本……」阿雄激動得哭了起來，「我根本不想離開家裡啊！這是她最後待著的地方啊！」他指著浴室，哭聲更大，「不然你以為我為什麼不洗澡？我如果洗澡了，浴室那些痕跡就會被沖掉啊……」

一陣雞皮疙瘩從賓仔的手臂開始蔓延到全身，他突然感到鼻頭一酸，眼前一陣模糊。賓仔從沒想到，阿雄保持這樣的狀態，竟是為了紀念和哀悼。阿雄癱在賓仔胸前，年近四十的強壯男人而今哭得像個孩子。

「不然，我們問問小媛好了。」賓仔擦去臉上的淚水，這麼建議。

「什麼？」

賓仔從口袋裡拿出兩個十元硬幣，交給阿雄，「你自己問她，她希不希望你現在這樣？」

阿雄的人中還掛著一條鼻涕，眼淚還停在臉頰，他愣了一下，看著賓仔，過了一會兒，「她當然不希望……」他說。

「不管，你用問的，擲筊問她。」

「這不用問。」

「你不問我幫你問。」賓仔作勢要搶回那兩枚硬幣。

「不要……」阿雄把拿著硬幣的手往後收，「我來問。」

接著，阿雄站起身來，環視了自己家裡一圈，然後確定了東邊的位置，他把硬幣捧在手裡，唸唸有詞，然後丟到地上。

過去王素媛經常到武廟路的武廟去拜拜，並不是因為她一直以來的信仰，而是她跟阿雄在一起之後，時常覺得對人生感到疑惑，一方面是阿雄帶給她某種程度的不安定感，另一方面是她為了這段感情跟父母之間可預料但心不安的一些衝突所造成，她有時候會懷疑自己的選擇，即便她在阿雄面前表現得非常堅定。她的同事見她每隔一陣子就往武廟跑，曾經建議了幾個算命師，但她都拒絕了。對王素媛來說，拜拜是一種尋求安心的心靈寄託，算命則是太過了，命不該拿來算，命要拿來掌握。

阿雄跟她去過幾次，他總是那個負責買香跟紙錢的，做生意的人拜拜並不稀奇，初一十五之類的固定拜拜，他手裡的每個回收場都做，以前在酒店拜得更多，跟王素媛比較起來，阿雄反而是比較相信神明的那個人，只是在她面前，他總會裝得一副女人大多愛拜拜的大男人模樣，但是當王素媛懷孕的時候，他偷偷跑到武廟問過神明，這個孩子能不能為他跟她帶來早已經成型的姻緣，他記得那天是個陰鬱的下午，神明並沒有給他任何一個聖筊。他不甘心，又抽了籤繼續問，結果得到一個下籤，「凡事只宜停一步，清風明月不需買，強自妄行自生災，百忍堂內福自來」，意指本來註定的不用求，再怎麼求也求不來，幸福是忍耐之後才能得到的。他本來並不是那麼懂籤的意義，一直到孩子流掉了，王家兩老卻因此答應婚事，他才真的明白。

他並沒有把抽籤問卦的事告訴王素媛，她卻在阿雄給她訂婚戒指那天，洗衣服之前檢查口袋物品的時候翻到這張籤，她站在洗衣機前面，看著手上的籤，又看著坐在沙發上，開著電視卻已經在打瞌睡的阿雄，她對這籤的內容及含意已經不在意了，她只希望阿雄能好好的。

擲筊結果，三個聖筊。

11

即使阿雄應了三個聖筊的結果，終於去洗了澡，但他還是不肯讓賓仔家的菲傭來清理已經開始發臭的家，他讓賓仔帶到附近的汽車旅館，將自己幾日來身上累積的髒污洗掉，也刮了鬍子，賓仔像是在哄孩子一樣地稱讚阿雄的煥然一新，但阿雄只是點了點頭，那微揚的嘴角並沒有任何熱情。

「把自己洗乾淨了，你家也要處理一下，不是嗎？」賓仔不放棄地再次勸說，他實在很不忍心看著自己的好朋友回到那個充滿腐臭和痛苦的家裡，即使那是阿雄自己的家。

「再讓我任性兩天吧，我還沒捨得讓她走。」阿雄說，手上的菸只是拿著，他甚至在考慮要不要點燃它。

不說賓仔了，就連阿雄自己都沒想過洗這個澡的意義竟然如此深刻，他早該意識到王素媛絕對不會允許他這樣折磨自己，但悲傷包覆著整個人的時候，思緒總會無法周詳。

而阿雄的失眠問題持續著。

就算沒有去回收場工作，阿雄還是每分每秒感覺到疲累，這是當然，他幾天來幾乎不曾入睡，他答應賓仔會讓自己慢慢振作起來，賓仔甚至把那三個聖筊拍成照片，line給阿雄用來提醒他，賓仔苦口婆心地說服阿雄，把這張照片弄成手機桌面。

夜晚來臨之後的時間總是最難熬的，即便阿雄叫來幾箱啤酒擺滿了冰箱，但酒精早已被證明無法幫助他入睡，長夜漫漫，他只好想辦法讓自己有點事做。他想起書房裡有台兩年前組裝起來，跟朋友一起玩線上遊戲用的電腦，因為工作跟應酬忙碌荒廢了遊戲進度而放棄，但電腦還是好的，王素媛偶爾會使用。

阿雄開始上網搜尋一些關於性侵害的資訊，以及一些家人被性侵後如何走出陰霾的案例，他發現性侵害的相關資訊很多，不管是新聞、醫院的，或是警方的性侵害處理流程、相關法條等等都有，但是受性侵害家屬的案例卻非常少，除了一些看起來規模很小的網站有些匿名的分享之外，就屬一個叫作PTT的網路社群有較多的相關文章。那些分享看起來有些是受害人自己寫的，有些是受害人家屬寫的，阿雄一篇一篇看著，同時順著文字，下意識地跟隨那些案例，彷彿能感受那些受害人的害怕，同時也感受到王素媛這一年多來的無助，悲痛再次襲上他的每個毛細孔，他感覺脊髓僵硬得像根鐵條。

好幾個小時之後，他在一個小小的網站上的某篇文章裡看見一個連結，就貼在一個非常不起眼的地方，連結下方的附註是「受性侵害家屬走出傷痛療癒會」。他點開了連結，畫面出現一個很陽春但資訊完整的網站，裡面有上百篇文章，全都是性侵害受害家庭的經驗分享。

阿雄如獲至寶般地露出一絲笑意。

他先把網站加入我的最愛，然後迫不及待地一篇篇點開閱讀，他從密集的資訊中得知，那是一位有心人士所架設的網站，有心人士自稱鄭爸，在置底文章中就有一篇是他自己的經歷，他未滿十五歲的女兒參加了一個網路線上交友的聚會，會後被三個加害人帶到鄰近的郊區輪姦得逞，她精神崩潰，不敢回家，甚至數度連家裡的電話號碼都忘了，一個小女生衣著髒亂不堪，臉上掛著乾掉的淚痕，想去找同學尋求幫助，卻因為迷路，從三峽一路走到內湖，如果不是警察發現她深夜一個人在外面遊蕩，把她帶到警局，並請家人前來帶回，不知道她還會再發生什麼事。回家後鄭爸的女兒足不出戶，話也不說了，創傷症候群的狀況非常嚴重，連母親想摸摸她的頭都會被她的尖叫聲給嚇哭，經過三年的治療，依然無法逃過心裡的折磨，她在十八歲生日那天跳樓自殺。

而那三個加害人分別只有三年半、四年半和五年的刑期。

鄭爸在文章中寫到，「我女兒受害後三年多來如行屍走肉，我曾經努力地計算過，這些日子，她笑的次數兩隻手數得出來，本來很開朗活潑的人，因為這個悲劇，人生從此毀了，現在她走了，那三個王八蛋卻能在幾年後就出獄，而且出獄後都不滿三十歲，大好人生得以延續。」

讀到這裡，阿雄的胸口一悶，他感覺體內的器官一陣扭曲，莫名的噁心感衝上他的喉頭，他乾嘔了一聲。

接著，他繼續閱讀每一篇文章以及底下的回覆，他發現架站人鄭爸幾乎每一篇都會去留言，而且內容大多是經驗交換和幾句鼓勵的話語，字裡行間看見他似乎跟失去女兒的椎心之痛相處得還不錯。

「與椎心之痛好好相處」，這正是阿雄此刻需要的，他現在整個人泡在失去王素媛的傷痛中，就像一個身負重傷，但還沒有斷氣的人被泡在福馬林裡面等死一樣，就算活過來也只像一具會行走的活屍，他覺得自己的某些部分正在腐爛，心智正在被悲傷吞噬。

過去這幾天，阿雄一直覺得自己極度孤獨，因為他無法釋放心裡的痛楚，也無法找到一個可以真正理解的人傾訴。而且阿雄與其他受過性侵害的家庭相比更是悲情，因為大多數的受侵害家屬都還有家人，家人就是最堅強的後盾，即使一起沉浸在悲傷裡，也還是一個庇護。但他的岳父母拒絕成為這樣的庇護，他們因為悲傷而對阿雄產生恨意，未成親事的女婿不是家人。

阿雄唯一的親人，他的父親，那是他的最終庇護，但他並不打算把這件事告訴父親，因為父親年紀大了，過著半退休的日子，養成了去海釣的習慣，他希望父親快樂，他不要再增加老人家的負擔。賓仔是個好朋友，也是個願意傾聽的對象，但他並沒有家人被性侵且自殺，同理心的表現大多只是同情，而他並不需要這個，如果你問阿雄他現在最需要什麼，他或許無法明確地表達，但答案絕對不會是同情。

這樣的悲劇發生在阿雄身上，就像一個人被扔到荒島，絕對地孤立。

這也是為什麼阿雄會開始搜尋性侵害相關資訊的主因，他期待在得到資訊的同時，也能找到「同類」。

他在網站裡找到了鄭爸的 email，就在畫面右下角還算顯眼的地方，他知道他需要和這個人談一談，就算只是 mail 的往來都好。他不想再待在荒島上，這個網站就像是遠方慢慢經過荒島的船，而鄭爸是船長，這封從阿雄電腦裡寄出去的 mail 是求救的烽煙，只希望船上的人能看得見。

阿雄像是找到了救命的浮木，他此時才恨自己為什麼平時不多用電腦，那一個一個慢慢從螢幕裡跳出來的字好像都在拖慢他的心跳，他恨自己為什麼連注音都不太會，為什麼讀音差不多的字他總是要為了捲舌與否而重複鍵入多次才能選到對的，他恨自己書到用時方恨少，他恨自己為什麼打字速度這麼慢。

經過一個多小時的折騰，阿雄終於把 mail 寫完了，他從頭到尾檢查了兩次，像是在交一張人生最重要的試卷一樣，即使他根本不是念書的料，他也不容許自己寄給鄭爸的信裡頭有任何一個錯字。

那封 mail 的內容是這樣的：

鄭爸您好：

無意間發現這個受性侵害家屬走出傷痛療癒會的網站，像是救了我。

我未婚妻在前幾天因為性侵害而自殺身亡了，我好像在黑暗裡找不到出口一樣，覺得自己很快就會停止呼吸。

我知道這樣講不好，但我覺得我們是同類，這種事，誰都不希望發生在自己身上，但我們有一樣的傷痕了。

昨天，我擲筊問我死去的未婚妻一個很蠢的問題——我是不是該去洗澡。因為她死在我家的浴室裡，我不想洗掉她最後留下來的東西，即使味道已經不好了。她直接給我三個聖筊，我知道她希望我過得好，但目前我做不到。

能不能請你回信給我，我需要一些幫助，就只是一些問題，或是幾句話都可以，我真的覺得很孤單很無助，我需要跟同類談一談。

我姓許，叫照雄，請叫我阿雄就好，我住在高雄市，是個資源回收商。

或是你願意給我一個跟你當面聊聊的機會，你在哪裡我都願意去，就算是國外也沒關係，只要給我地址，我很快就到。

○九三七××××××是我的電話，您隨時都可以打給我的，不用擔心我是不是在休息。

因為我失眠嚴重，想睡也睡不著。

再麻煩您了，感謝。

按下寄出鍵之後，阿雄走到客廳，拿了一根菸放到嘴裡，把身體靠到沙發椅背上，火還沒點上，兩眼便望著天花板開始發呆，刻意不開頂燈的客廳只有一盞橙黃的旁燈照明，那是王素媛走後阿雄開始養成的習慣，他不希望家裡太亮，他希望一切最好保持事發當天他回家的樣子，那盞旁燈是她習慣為他留的，那等於是她在等他回家。

此時，王素媛的臉清晰地映在天花板上，像是她還在，像是一如往常地溫柔叫喚，她以前常要他別老在沙發上賴著，累了就去房間睡。

過了許久，阿雄並沒有點燃手上的菸，那根菸還叼在他的嘴裡，但他已經沉沉地睡去。

12

寄給鄭爸的 email 很快便有了回音，隔天接近中午時分，阿雄驚訝於自己竟然睡著，而且還睡得很深沉的同時，鄭爸的回覆就靜靜地躺在收件匣裡。

他顧不得還沒刷牙洗臉，第一件事情就是走進書房查看電腦。那根沒點燃的菸早就已經被自己的臉壓爛，兩頰上還黏了一大堆菸草，但他不管，因為鄭爸的回覆讓他感覺像是得救了一樣。

阿雄你好：

很高興收到你的信，也很遺憾聽到你未婚妻的遭遇，你說得對，我們是同類，同類的痛苦心酸只有同類最了解，就算我多麼不希望同類的數量再增加。當初我架設這個網站，目的是希望能提供一個平台，讓同類能得到幫助，但幾個月後，我發現這個網站的文章愈來愈多，這表示悲劇從不曾停止發生。一直到現在，網站架設完成已經超過三年，文章數量接近兩千篇。這表示三年多來，至少有接近兩千個家庭因為性侵案而備受煎熬。

去年我跟一些療癒會的會友成立了一個傷痛恢復教室，專門針對受性侵害者及家庭提供協助，雖然我們稱它為教室，但其實就只是一個會友彼此交流、釋放、抒發的地方，就像國外長久以來一直都有的戒酒會、戒毒會、憂鬱症，或是癌症病人互相鼓勵的交流會一樣，其實國內也有許多類似的交流會，只是並不如國外普遍。

如果你願意，歡迎你來參加，一週一次，本週的舉辦時間是明天，地址是新北市三峽區學勤路×××號，我所住的社區交誼廳，晚上七點。

不需費用，也什麼都不用帶，只請你安心地來。

然後阿雄很快地回信。

鄭爸您好：

謝謝您這麼快回信給我，這對我來說很重要很重要很重要。

聽說現在流行重要的話要說三次。

信中您提到去年成立了傷痛恢復教室，那正是我現在最需要的。如果社會上能多一點像您一樣有能力有愛心的人，那一定很棒。

雖然我人在高雄，但明天我會準時參加。

再一次感謝您。

阿雄按了寄出鍵，這幾天來，他第一次笑到露出牙齒，第一次感覺到情緒有些放鬆，他走進浴室，像往常一樣打開掛在牆上的小置物櫃，拿出好幾天沒用的牙刷跟牙膏，昨天他連日來第一次刷牙洗臉是在汽車旅館，用的是刷毛又硬又少的拋棄式牙刷，刷的是沒什麼薄荷味的牙膏，他此時想念起已經習慣的高露潔。當他跟鏡子裡的自己對上眼的同時，一股血水的腥臭味剎那間衝進他的鼻孔，也衝進他的腦門和心裡，才剛放鬆了一點的心緒又開始糾結起來。

他看著那血水還沒有漏掉的浴缸，水面和浴缸的接觸位已經被一條淺淺的紅色線條畫出高度，像是水庫的水位標線；牆上和地上噴濺的血跡也早已經被風乾成深深的暗紅色，他右手刷著牙，左手扶在洗手台上，不時轉頭環視著整間浴室，以及那條青綠色的王素媛專用的浴巾。那是她幾年前跟同事出國在香港買回來的，說從來沒摸過這麼好摸的浴巾，他記得那天正在回收場裡忙著工作，她打了通國際電話回來，問需不需要替他買條浴巾，他問了價錢之後直接回絕，「我不要，但妳要買妳的，當作是我沒陪妳去香港的賠禮。」阿雄說。

「賠禮只是浴巾喔？」

「那不然呢？要黃金喔？」

「鑽石可以嗎？」

「可以啊，妳買妳付錢。」

「我還沒嫁給你，你就開始對我不好了。」

「等妳嫁給我，要十顆我都買給妳。」

「你這麼現實，我不嫁了，我要去跟有錢帥哥在一起。」

「妳這麼現實，我不娶了，我要去跟不要鑽石的大胸部美女在一起。」

「你現在是嫌我胸部小嗎？嫌小不要用！」

「妳現在是嫌我沒錢嗎？嫌沒錢不要用！」

阿雄突然想起這段打情罵俏的對話，心裡一陣酸楚襲上來，哽在喉頭。他的視線停在那條浴巾上，他想起救護人員把她扛出去那天用的是他的褐色浴巾，而那條浴巾也是王素媛買的，只是那是地攤貨，是她故意買回來氣他的，那天她趁阿雄洗完澡，打開浴室門把這條地攤浴巾往他身上丟，「快點用這條浴巾遮住你的小雞雞。」她說。

「不是說不用買我的嗎？妳怎麼不聽話？」

「我沒有買你的，這條是昨天晚上我去夜市買的，一條一百五，你這個現實的男人就只能用一百五的東西。」

「喔！那真是謝謝妳喔，現實胸部又小的女人。」

「你再說一次！」

「小胸部！大屁股！」

「可惡，把浴巾還我，你連一百五的都沒資格用！」

「好啊！那我就沒穿衣服囉！」

「沒穿衣服又怎樣？」

「沒穿衣服就擋不住我的大雞雞。」

「你想幹嘛？」她邊說邊後退。

「妳說呢？」他露出牙齒奸笑，一步一步靠近。

然後他們玩起了沒穿衣服的變態光天化日襲擊良家婦女的遊戲，那天的笑聲和王素媛激烈的叫床聲此時像是回音一樣，迴繞在家裡的每一個角落，以及阿雄的腦海中。

阿雄獨自坐在浴室門口，低著頭，背靠著牆壁，雙腿伸直，後頸與背脊拉出一條彎彎的弧線。他好想念王素媛，他口中不停喃喃地說著對不起，他知道自己開始進入失去至愛之後的下一個階段，「回憶」。

他想起廚房的全套廚具是王素媛兩年多前才全部換新過的，原本的已經老舊不堪使用，她去系統廚具商那兒選購的時候，還煞有其事地跟店員討論起廚房的規畫和擺設，即便她對室內設計根本一竅不通。她希望拆掉了原來的廚具之後，所有替代的動線可以照她的意思來打造，即使她並沒有很好的廚藝，但她已經做好要當個會煮飯給先生吃的好太太的準備。

他想起那台冰箱是去年新買的，原本的兩門舊冰箱已經用了十八年，門已經快關不緊了，而且空間也不夠大。王素媛為了那台新冰箱做了一個星期的功課，女人時常拿不定主意的毛病此時在她身上發揮得淋漓盡致，她一下子覺得買台三門的冰箱就好，一下子又覺得最新型的五門冰箱非常實用，一下子又嫌這品牌太貴，一下子又怕國產的品質不如日本的好。後來終於選定了一台，她開心地拉著阿雄到家電大賣場去看，阿雄也沒表示什麼意見，反正她開心就好，付了兩萬元下訂，約定三天後送到家。阿雄還傻傻地問為什麼送個冰箱要三天，他沒想到買冰箱這種東西，電器公司都會留幾天給顧客把舊冰箱裡的東西清光，不管是丟掉還是吃光，王素媛笑他笨，店員在一旁微笑安慰阿雄。

結果王素媛做了更笨的事，她選的冰箱尺寸完全不合，無法放進規畫來放冰箱的地方，只好跟送貨工人道歉，工人的臉色不太好看，她還買了兩個便當賠不是。

然後是他們一起挑的沙發、他不小心睡垮的單人木床、信誓旦旦說會照顧但買回家隔天就開始忘了澆水的盆栽，還有他們特地去買一個小魚缸，好裝從夜市撈回來的金魚，結果金魚沒幾天就死光，魚缸只好被阿雄拿進房間放保險套，而他們去日月潭和墾丁玩的照片還在電子相框裡一張一張地顯示著。

這些回憶都是生活中的小事，但在她走了之後，自然地在腦中放大了。阿雄知道自己開始捨不得了，但他也知道捨不得是件沒有意義的事。

他拿起手機，看見手機的桌面，是那三個聖筊。這給了他一個靈感，他拿出口袋裡的兩枚十元銅板，口中唸唸有詞，然後擲筊。

十分鐘之後，他打電話給賓仔，說了明天在三峽有恢復教室活動的相關消息，並且希望賓仔能載他一程，他要去高鐵站。

「乾脆我直接陪你去三峽？」

「不方便啦，」阿雄直接婉拒，「那個鄭爸說這是針對受性侵害人及家庭的集會，我猜他們可能也不會開放給其他人參加。」

「喔，也是喔，這牽涉到隱私的問題，剛剛我沒想那麼多。」

「對，沒錯。」

「OK，那我明天中午去載你。」

「好，我在家等你，另外還要麻煩你把你家菲傭帶過來。」

「喔？」賓仔的聲音高了一個 key，「決定要清理你家了？」

「對。」

「怎麼突然想通了？」

「又是三個聖筊。」阿雄說。

13

隔天晚上七點，阿雄準時來到鄭爸給的地址所在處，但還沒走進大門就被社區警衛攔了下來，他想向警衛表示自己的來意，卻突然間不知道該怎麼說，一來他不知道鄭爸的姓名，講鄭爸不曉得警衛會不會不懂，二來他無法向一個素未謀面的人說明自己來的目的是參加那個恢復教室，他在這一秒突然感到惶恐不安，他終於意識到，原來這樣的遭遇竟然是一件百般不希望被別人知曉的事情。

而如果身為家屬已經如此，那被侵害的人呢？

曾經他對王素媛絕口不提此事充滿了自責與疑問，現在他完全明白了。

「是不是要去交誼廳？」警衛在阿雄語塞的時候平靜地問了他這句話，那語氣和表情像是被訓練過一樣，阿雄有點不好意思地點頭，心裡沒有感到任何不舒服。

「那麻煩請先留下你的資料，然後走進中庭左手邊中間那間就是了。」警衛說。

阿雄在穿過中庭的時候環視了四周，這是一個新的集中型大樓住宅社區，屋齡應該不超過五年，中庭種滿了植物，還有小橋流水，加上燈光的效果，整個中庭就像是一個規畫完善的公園，這就算不是什麼豪宅，房價也一定不低。

來到交誼廳的門口，透過窗戶，阿雄看見幾個人影在裡面晃動，那扇半掩的門裡透出橙黃色的燈光，裡面傳來一陣陣輕柔悠揚的交響樂，阿雄呆呆地站著，不知道為什麼，他好像沒有勇氣走進去。

「是阿雄嗎？歡迎你。」一個看起來年約五十多歲的男性站在阿雄後面向他打招呼，他的臉上掛著溫暖的微笑，戴著一副眼鏡，說話慢條斯理，聲音富有磁性，書卷氣很重，阿雄禮貌地點頭。

「是鄭爸嗎？」

「對，就是我，你怎麼不進去？」

「呃……我、我只是想抽根菸再進去。」

「好，那你慢慢抽，我先進去。」

「呃……我又不想抽了。」

鄭爸走了兩步，又被這句話攔了下來，「阿雄，別緊張，也別想什麼，我們是同類，記得嗎？」他的話讓阿雄原本不知道該怎麼形容的心情穩定了下來。

「嗯，記得。」

「好，所以你要放輕鬆。」

「我盡量。」

「因為你第一次來，所以在你進去之前，我先跟你稍微做一點說明，我們這個傷痛恢復教室不用本名，為的是要顧及每個人的隱私。」

「嗯，我了解。」

「來參加的每個人都叫我鄭爸，那你希望我怎麼向其他人介紹你？」

「就叫阿雄就好。」

「好，阿雄。我們的流程是這樣的，為了讓自己平靜一些，一開始我們會先靜下心來聽一聽音樂，聽音樂期間不說話，你可以試著閉上眼睛，專心在音樂上，慢慢放下情緒，不管你那時候想的是什麼，你可以繼續想，也可以完全放空，只要記得聽著音樂，每個音都仔細聽，相信我，會有不錯的效果。」

「好。」

「然後我們會開始進行分享，會由我先開始，然後慢慢地一個一個輪流下去，你可以選擇說，也可以選擇不說，因為你沒來過，所以我會把你的順序放在最後，如果你決定不說話，搖搖頭就好。」

「好。」

「最後，我會給每個人紙跟筆，還有郵票和信封，試著寫信給遭到性侵的家人，一直以來，我們這裡有很多是自己受到性侵的女孩子來參加，所以她們會寫信給自己。」

「但是……我未婚妻已經走了……」

「嗯，我知道，我女兒也走了，但我還是會寫信給她。我跟你說，不管是戒毒會、戒酒會，還是我們，所有相同性質的集會都一樣，都是遭逢自己人生的大難關，走出難關的第一步就是面對它，面對你的傷痛，面對你的失去，什麼方法都可以，只要面對，你就不會害怕。」

「我知道了。」

「但是，我還是要強調，這是一個自由的集會，願意來參加就是一種面對，每個人面對困難所需要的方法跟時間不一樣，所以不管是分享階段還是寫信階段，你可以自由選擇要或不要，甚至你中途直接離席都可以。」

「好。」

「那麼，我們進去吧。」

阿雄跟在鄭爸後面走進交誼廳，天花板的水晶燈和牆上一大幅西式的水彩畫吸引了他的目光，眼前圍成一圈的塑膠椅跟這富麗堂皇的交誼廳裝潢形成奇怪的對比，算一算椅子一共有七張，其中六張已經有人坐了，「那剩下的空位應該是我的吧。」阿雄在心裡默默地說著。

已經就座的六個人在阿雄走近之後站了起來，分別是兩女四男，年紀從二十多到五、六十歲都有，他們向阿雄點頭微笑，阿雄也同樣回禮，面對這種從來沒見過的場合，即便鄭爸已經跟他說明過進行流程，但阿雄的每一個動作都還是顯得非常生硬。

「各位請坐。」鄭爸站在大家面前說，待大家就座之後，他接著說：「今天有一位新夥伴加入我們，他叫阿雄。」另外六個人向阿雄再一次打了招呼，阿雄又緊張地站了起來。

「阿雄，請坐，別緊張。」鄭爸說。

「不好意思。」阿雄紅著臉慢慢坐下。

「放輕鬆。」

「好。」阿雄點點頭。

「那我們就直接開始了。」

鄭爸說完，所有人像是聽到口令一樣地閉上眼睛。只見鄭爸走到音響旁邊，換了一張CD，交響樂頓時變成鋼琴演奏。

阿雄跟著大家，試著閉上眼睛專心在每一個音符上。那叮叮噹噹的鋼琴聲非常緩慢，每個音都像水滴滑過琴鍵一樣滑入阿雄的耳朵，像春天小溪潺潺的水流，像風慢慢吹過的廣闊草原，偶爾加快了一些速度，像清晨的鳥多叫了兩聲，有時候又慢得比一開始更慢，原本不太習慣的阿雄，竟然開始在等待下一個音符跳進耳朵裡。

大概過了十幾分鐘，卻彷彿無聲無夢地睡了一整夜，最後一個音符落下時，那繞著交誼廳迴盪的音樂聲好似將阿雄整個人緊緊包覆起來，他感到平靜。

「我女兒叫亮亮，除了阿雄之外，我想大家都認識她了。」隨著音樂停止，所有人慢慢睜開眼睛的時候，鄭爸極有磁性的聲音代替音樂傳入大家耳中，「我父親過世那年，亮亮三歲，她第一次跟我要玩具，那個時候流行一種東西叫電子雞，相信大家應該都有聽過，我記得她跟我說要買一隻雞，我一直聽不懂，然後她拉著我到我家附近的文具店，指著一個小小的東西，說那是雞，她要養雞。她把她的電子雞取名叫瑪莉，不管去哪裡，她天天都帶著瑪莉，瑪莉餓了給它吃，瑪莉睏了給它睡，瑪莉想玩耍她就陪它猜拳。她說她是媽媽的寶貝，她是瑪莉的媽媽，所以瑪莉是她的寶貝。後來我跟她媽媽帶她去日本玩，瑪莉卻被忘在飛機上，那五天她沒有哭，也沒有鬧，只是每餐吃飯的時候就會問『瑪莉沒吃飯怎麼辦』，我們只能安慰她說：『瑪莉很聰明，會自己吃飯的。』回程的時候亮亮還惦記著瑪莉，我們沒抱任何期待地詢問了航空公司，沒想到瑪莉竟然被空服員拾獲，並且留在失物招領處，但五天沒吃飯，瑪莉已經餓死了。」

說到這裡，幾個人輕聲地笑了，阿雄也微笑起來。

「亮亮的表情非常失望，眼眶噙著淚水，我們把電子雞拿過來，用牙籤戳了一下底部的孔，瑪莉就復活了。亮亮接過去看，沒幾秒鐘，她就把電子雞拿給我說：『爸爸，這不是瑪莉了，我知道瑪莉跟阿公一樣上天堂了，天堂是好地方，瑪莉在那裡會好好的。』」鄭爸停頓了一會兒，繼續說：「或許因為我爸爸常跟她說佛祖神仙都住在天堂，好人也會上天堂的關係，所以天堂這個詞才會被她記住。但她三歲時的這句話我卻記了一輩子，我相信亮亮也上天堂了，雖然她已經不在，但對我來說，她並沒有離開，因為她一直在我心裡。」

過了幾秒鐘，鄭爸沒再說話，其他六人異口同聲地說：「謝謝鄭爸的分享。」阿雄開始明白了這個傷痛恢復教室的輪廓，就像鄭爸說的，也像電影裡演的一樣，一群有著同樣疾病、折磨或傷痛的人，聚在同一個空間裡，分享自己的經驗與心情，哭與笑與鬧都沒關係，沒有人會恥笑你，因為這些人都一樣，都在同一件糟糕的事情中受著煎熬，或已經走過煎熬，不管這件糟糕的事是過去式還是進行式，這個空間就是一個救贖。

很快的，有另一個人接在鄭爸後面開始說話，他也是一位父親，同樣是女兒受到性侵而崩潰，雖然她沒有自殺，但精神一直停在不太好的狀態，吃了幾個月的精神科處方也沒有好轉，有一天她和家人出門，吃完晚飯，走下餐廳樓梯的時候突然昏倒，一路重摔到樓下，頸骨摔斷當場死亡。他分享了女兒念大學時交了第一個男朋友的趣事，說完之後，「感謝邱伯伯的分享。」這時阿雄才知道他是邱伯伯。

邱伯伯之後，又有另一個人接著說話，然後另一個接下去，像是默契一樣。一直到所有人都說完了，剩下一個年輕的女孩子和阿雄，鄭爸先看著那女孩，女孩搖搖頭，他再看看阿雄，阿雄原本想說些什麼，但深呼吸一口氣之後，還是沒辦法整理出一個頭緒，於是他也搖搖頭。

「好，那我們進行下一個階段。」

說完，鄭爸從他的背包裡拿出一疊紙和好幾枝筆，一一發給每個人，其他人拿到紙筆之後，就各自走到交誼廳裡有桌子的地方開始書寫，只有阿雄留在原地，鄭爸走到阿雄面前，遞給他紙筆，「我忘了跟你說，今天寫的信，我會在一個月之後寄到你在信封上留下的地址，收件人可以是你，也可以是你的未婚妻，一個月之後，當你收到信，你就可以知道自己一個月前在想些什麼，而一個月後有什麼不一樣。如果沒有進步，沒關係，慢慢來。如果有進步，很好，保持下去。」鄭爸說。

阿雄點點頭，接過紙筆，他找了一個角落坐下，離他不遠處是剛剛那個沒說話的年輕女子，阿雄下意識地多看了她幾眼。

或許是感受到被注目，女孩轉頭跟阿雄四目相接，她充滿憂鬱的眼睛勉強彎成兩條彎彎的弧線，阿雄趕緊微笑點頭回應她的招呼。他這時意識到自己的無禮，他不該側眼去看這個教室裡的任何一個人。他猜想這女孩子應該是性侵被害人，她正在努力地讓生活回到正常軌道。

然後，阿雄坐了十分鐘，紙上只寫了「小媛」兩個字，下面是一片空白，他想告訴她的話好多好多，卻不知該從哪裡寫起。

三十分鐘後，此次參加集會的人都已經把剛才的信裝進信封黏好，交給鄭爸了，只剩下阿雄獨自坐在角落。

鄭爸並沒有打擾阿雄，他坐在離阿雄至少十公尺以上的地方，拿著一本書看著。

這時阿雄提出了一個要求，他請鄭爸把剛才的音樂再放一次。

音樂聲響起，阿雄很自然地閉上眼睛，讓音符包圍自己。

音樂停止之後，阿雄也把信寫完了。

那封信只有六個字。

小媛，我很想妳。

14

阿雄在離開之前跟鄭爸聊了一會兒，得知他是個高中老師，專業是資訊工程，所以架網站這樣的事情對他來說並非難事。一年多前，有個政府單位跟阿雄一樣循著網站線索找到他，告訴他政府想要和一些民間團體合作，推動一個性侵防治與受侵害後身心靈輔導方面的計畫，要他把傷痛恢復教室這樣的相關經驗移植到公部門單位裡，和他一樣受到邀請的還有推廣女權相關，及青少年校園暴力與性侵防治相關的基金會或關懷單位。

鄭爸幾乎沒有任何考慮就欣然接受，他心想，或許是老天爺用女兒的生命來啟發他，告訴他「幫助受過同樣傷痛的人是你的使命」，但他並沒有在那個計畫裡待太久，甚至在計畫都還沒完成的幾個月後，他就氣憤到放棄離開，因為這個計畫需要橫跨幾個部會合作，每一次開會都耗費好幾個小時卻沒有什麼進展，連訂個辦法都要推拖責任。「我舉個例子，」鄭爸苦笑著說：「假設今天小明去國家公園玩，卻因為年久失修的指示牌掉下來，砸傷頭部縫了好幾針，小明提出賠償，你或許以為反正事情不大，賠一賠就沒事了。但這種小事情遇到公部門，就會變成複雜的責任歸屬政治角力，他頭上的那道傷口一定會被當皮球一樣踢來踢去，國家公園的主管機關是內政部，但內政部八成會要小明去找交通部觀光局，觀光局會要他去找國家公園管理處，國家公園管理處會說這要找林務局，林務局會再踢回給內政部。就跟我參與的這個計畫一樣，橫跨幾個部門的合作，可以整合各部會的資源來做好一件事，本來是件好事，但在官僚的眼裡並非如此，『這種事情又不算是我部門的業務，事情跟責任愈少愈好』，他們都是這樣想的。」經過鄭爸的解釋，阿雄很快地明白，所謂官僚的想法，不是一般人能理解的，他們並不是真的願意把事情做好。

因為時間已晚，阿雄不好意思再打擾鄭爸，但提出了一個要求，希望明天能有時間再跟鄭爸單獨聊一聊，鄭爸爽快地答應，要阿雄明天到學校找他。「中午過後我就沒課了，你可以在校門口等我，我們到學校旁邊的餐廳一起吃頓飯。」鄭爸說。

因為鄭爸的任職學校在中和，於是阿雄搭上計程車，請司機載他到中和找間汽車旅館入住。

隔天中午，阿雄準時來到學校門口，他還在等計程車司機找錢的時候，鄭爸已經站在車門旁邊了。他帶阿雄到附近一間快餐店吃飯，或許是阿雄堅持要請客的關係，鄭爸點了一個最便宜的招牌飯。

才剛坐定，阿雄就迫不及待地開始問起問題，「鄭爸，有些事情我想請教一下……」鄭爸舉手示意他別急，「我大概知道你想問些什麼，我們邊吃邊說，我會把我所知道的都告訴你，別擔心。」鄭爸說。

扒了兩口飯之後，鄭爸開始說道。

「阿雄，你邊吃邊聽，我慢慢講。當我的女兒被性侵之後，跟你遭遇未婚妻的事情一樣，我們都是痛苦的。我們是凡人，痛苦會讓我們感到脆弱、不堪一擊，因為凡人缺乏解決痛苦的能力，只能被痛苦折磨。但痛苦結束之後，事情就解決了嗎？沒有，也因此痛苦對任何事情都沒有幫助。但要解決痛苦，必須先了解為什麼痛苦，去面對那些造成痛苦的原因，了解那些造成痛苦的資訊，你才算是真正地面對。痛苦是個問題，解決問題的三個步驟……」

「面對問題，了解問題，解決問題。」阿雄接著說。

「很好，你知道。那我們開始來面對問題，我先從幾個數字開始講起，你知道全台灣一年發生幾件性侵案嗎？」

「我不知道。」

「去年的通報記錄是一萬六千多件，前年是一萬五千多件，大前年是一萬三千多件。你從這數字看到什麼？」

「愈來愈多。」

「是，愈來愈多，但是你知道真正的性侵案件數是多少嗎？」鄭爸在「真正」兩個字上加重了語氣。

「真正？你是說，剛剛那些數字不是真正的？」

「是的，那都不是真正的，剛才的數字只是有記錄的。不管過去幾年各是多少件，都是有經過警察機關、學校機關、醫療機構，或是目擊者，或被害人的朋友之類的熱心人士所通報，有通報才有記錄。現代婦女基金會有一個統計，沒有被通報的性侵案是已通報的七到十倍。」

「那就是十幾萬啊！」

鄭爸點點頭，「就是這麼多。有些被害人覺得丟臉、覺得骯髒、覺得怕被人指指點點，或是害怕報案之後可能被家人或愛人知道等等，不管沒有通報的原因是什麼，都無法忽略每年被性侵的被害人一直在增加的事實。」

阿雄這時想起剛剛所說的那些數字當中「有一個是王素媛」，本來就已經不是很餓，現在食欲全無。

「每年性侵案的通報件數都以一二%到一五%的速度在成長，被害人的年齡層超過五五%是未滿十八歲的，而且不只女性，男性的被性侵比例從最早以前的一．二%到現在已經超過一〇%，被侵害已經不只是女人的問題，而是所有人的問題。重點是，當一個人被性侵害之後，全家人都會陷入一個不知道該怎麼面對的狀態，因為沒有人教我們怎麼去面對。」

「對……」

「就算你沒聽過，也一定看過電視或電影怎麼演。回家之後，被侵害的受害人把事情告訴家人，家人第一時間的反應絕大多數都是憤怒，這是人之常情，我當時也是，我相信你也是。」

「沒錯……」

「但我們都沒想到，當受害人把事情告訴我們的時候，他需要的不是我們的憤怒，而是關懷，只是這點太難，人在遇到這種事的盲點會讓我們失去正確的判斷。」

「對。」

「所以不管是被害人，還是被害人的家人都一樣，我們的傳統教育，以及我們長久以來的民族性，造成受到類似傷害的人大多會下意識地選擇沉默，因為害怕事情被知道了的後果。『如果我不說就不會有人知道』，他們總是這樣想，所以他們寧願沉默、隱瞞，甚至是說謊來逃避，這也是人之常情。畢竟被人知道這種事是很難堪的，一旦讓人知道這樣的事，都必然會造成第二次傷害。別的不說，光是問『為什麼會發生這樣的事？』這個非常基本、每個人都會問的問題，都等於要被害人重新回想那些他可能盡其一生都想忘記的痛苦回憶，即使他知道自己永遠都忘不掉。」

「……家人也忘不掉。」

「是的，這種悲劇的傷痛總會直接擴散到最親近的人身上。」

「對……」

「我永遠記得我女兒在接受創傷心理治療及輔導的時候跟我說過的話，那時她每天都要吃精神類的藥物，但狀況並沒有變得多好。幾個月後，她跟我說了一些我聽了非常痛苦的話。」

「她說了什麼？」

「她說，爸爸，我有時候真的寧願沒有把這件事說出來，沒有因為迷路被警察帶到警察局，沒有被看出我有什麼不對勁，沒有讓任何人知道我發生什麼事，因為這樣我可能可以騙自己什麼都沒發生，我可以不用每天吃這些藥、不用定期去看醫生、不用被知道這些事的人一直用『妳要努力，妳要加油，妳一定會走出來的』的類似安慰話語來提醒我的遭遇，因為我聽了這些話更難過，我就是走不出來不可以嗎？為什麼沒有人叫那些傷害我的人去死？為什麼每個人都在叫我要走出來？錯的是我嗎？為什麼是我要努力？錯的是我嗎？」

說到這裡，鄭爸的眼眶有些泛淚，他別過頭去，深呼吸了好幾口氣，「抱歉，失態了。」

「不……不會。」阿雄搖搖頭，抽了一張面紙遞給鄭爸。

鄭爸擦掉眼淚，收拾了情緒，繼續說道：「這些話我從來沒有忘記，但也很久沒對別人說了。我還記得她說完這些話的時候，我心痛得像是要死掉了，好不容易她入睡之後，我一個人走到屋外透氣，走著走著，走到一條橋上，底下是十公尺寬的河流引道，那時我真想跳下去，因為我無法原諒自己，身為父親，我卻不知道女兒受了多少心理折磨，我竟然不知不覺地加入勸她一定要走出來的行列，我竟然是那個要她一直看醫生、一直吃藥的罪魁禍首，我無意間造成她極大的痛苦，卻自以為我在幫助她。」

「鄭爸，我未婚妻在案子宣判後兩個星期就走了，我沒有機會陪她一起走過你所說的這一段，所以我有件事想告訴你，這也是我來這裡的目的之一。」

「你請說。」

「從她離開的那天起，我天天都在壓抑想殺人的念頭，只是現在我心裡的痛苦遠遠大於這個念頭，所以我才沒有做出衝動的事，至少是還沒有。我知道就算我把犯人殺了，我的未婚妻也不會活過來，但我放不下這個念頭，我該怎麼辦？」

「阿雄，這很正常，我也曾經這樣，我還想過在開庭當天，在法院外面把他們殺了。」

「那為什麼沒有做呢？」

「我也想了很久，後來找到原因了。」

「什麼？」

「我們跟那些會鑄下大錯的人不一樣。」

這句話讓阿雄陷入思考，鄭爸也沒有再接話。這段沉默的空白才幾分鐘，卻好像過了幾個小時那麼久，阿雄似懂非懂地理解著，不知道為什麼，他對這句話有一半的認同和一半的懷疑，他懷疑的不是鄭爸，而是自己。

「阿雄，我想你可能需要一些時間來想清楚這句話。」

「對，鄭爸，我確實需要。」

「那就別逼迫自己，讓時間來幫你。」

「謝謝你，鄭爸，今天聽你說完，收穫很多，雖然我並不是很明白接下來該怎麼做，但至少我有了方向，有了對的觀念，這都要謝謝你。這種事我們都忘不掉，那就跟它好好相處，對吧？」

「是的，跟它好好相處吧。有個不幸中的小幸是，性侵案的破案率超過九成，絕大部分的性侵犯都會受到制裁，雖然我希望他們被關到死，永遠不要放出來，但幾乎每一個性侵犯都會被釋放，因為法律對這類案件的刑期規定實在太短，一個人受到性侵害的影響卻極可能長達幾十年甚至一輩子，但罪犯只關了幾年，這完全不符合比例原則，不過這牽涉到修法方面的法律改革，我就不提了。」

聽到這裡，阿雄突然想起了什麼。

「鄭爸，我冒昧地問一下，性侵你女兒的人正在坐牢嗎？」

「對。」

「那為什麼……性侵我未婚妻的人卻可以緩刑？」

鄭爸一聽，慢慢皺起眉頭，他這幾年跟許多和阿雄一樣的家屬面對面談過，印象中有些案例確實是被判緩刑。「阿雄，依我了解到的案例來看，這是發生過的。」

「為什麼呢？為什麼可以不用被關？」

「能緩刑的案例大部分都是因為和解，或是談定賠償，或是被要求像是罰金一樣，給一定的金額交給公庫。」

「可是……」

「可是什麼？」

「可是……我未婚妻並沒有接受和解，也沒有談賠償，她甚至連對方的道歉都不接受啊。」

「這當中的真正原因有必要搞清楚。」鄭爸說。

15

阿雄和鄭爸長談到下午兩點半，快餐店都要午休了才離開，雖然高雄到台北路途遙遠，但鄭爸還是歡迎並希望阿雄能持續來參加恢復教室，直到自己的生活能回到正軌，他告訴阿雄下一次的恢復教室集會時間，阿雄說他會準時來到，然後帶著感激的心情離開台北。

他搭計程車到板橋高鐵站準備回高雄，買完票之後，走到車站外的吸菸區點上一根近期以來抽得最輕鬆的菸。板橋站前的車水馬龍和高樓大廈吸引了他的目光，他想起很多年前，退伍後曾經搭著所謂的野雞車上台北找同梯的好朋友玩了兩天，當時同梯就住在板橋，跟現在的市容相比，板橋變得完全不一樣了。

這時有位先生走近，向他借打火機，在阿雄把打火機遞給他的同時，愈看愈覺得這個人有點面熟，只是這個人從頭到尾沒有看他一眼，因為阿雄的打火機不太靈光，要重複點好幾次才會成功點燃。

阿雄嘗試性地問了他一句，「你是阿貴嗎？」

只見那個人肩膀抖了一下，慢慢地把視線往阿雄的臉上移動，他的表情從充滿問號慢慢轉變成咧嘴大笑，「阿雄？」

「真的是你喔？」

「對啊！好久不見！怎麼會在這裡遇到你？」

「呃……」阿雄頓了一下，「我上來台北辦點事，要回高雄了。」

「現在就要回去嗎？」

「對啊！車票都買好了。」阿雄把手上的車票拿出來給阿貴看，「你怎麼在這裡？」

「我來載我老婆，她回台中娘家幾天，等等就到了。」

「喔！你結婚啦？」

「對啊，結了好幾年了。」

「恭喜啊。」

「都結這麼久了，就不用恭喜了。」

「也是。」

「欸，阿雄，」阿貴把嘴裡的菸拿下來，「你去把票退掉，我請你吃飯！」

「不用了，不要客氣。」

「什麼客氣，我不是在客氣，那年我把酒吧的生意搞砸了，說要賠你也沒賠，今天請你吃個飯當賠罪，欠你的我開始慢慢還你。」

「那都過太久了，我已經不記得那些了。」

「你不記得我記得啊，這麼多年來，我一直記得這件事，但是能力有限，實在沒那個臉跟你聯絡，而且我跑路的時候把手機弄掉了，跟以前幾個朋友問了幾輪才拿到你的電話，但是拿起電話打不出去，很怕聽到你的聲音，因為很對不起你，唉，講到這個就丟臉。你今天一定要讓我請客吃個飯，拜託。」

「阿貴，真的不用，大家認識這麼久，我不會跟你客氣。」

「不管啦，你票給我，我去幫你換明天的票，你今天一定要給我這個機會。」

「機會我會給你，但是改天好不好，我真的要趕回高雄，我有重要的事要辦。」

「不行，不然這樣好了，你聽我說，現在時間還早，板橋我熟，我知道很多海產攤現在就已經開門了，我們隨便找個海產攤坐下來聊一聊喝幾杯，你晚上再回去也可以，不差這幾個小時，對吧？」

話才說完，一個女人走近阿貴，帶著疑問的眼神一直看著阿雄，阿貴連忙拉著她向阿雄介紹，「老婆，這就是我跟妳講過很多次的阿雄，當年如果不是他義氣相挺，妳可能就沒老公了。」阿貴又笑嘻嘻地轉頭對著阿雄說：「這是我老婆啦，她叫阿梅。」

「阿梅妳好。」阿雄禮貌地點頭。

但阿梅並沒有什麼陌生朋友第一次見面那種生疏帶著客套的熱情回應，她只是皮笑肉不笑地看了阿雄一眼，頭也點得不太甘願，隨即把視線別開。以阿雄豐富的社會經驗來看，阿梅這不是太有禮貌的態度，八成是因為阿貴的關係，他猜想阿貴可能還在黑社會裡打滾，但混不出什麼名堂，平常稱兄道弟的那些人，其實就是一群眼中只有利益沒有道義的豬朋狗友，所以阿梅把他的朋友全都歸類成同一類的人，她對這些人的不歡迎都寫在臉上。

面對這樣的誤會，阿雄並沒有什麼意見，也不覺得怎樣，只是看著阿貴和阿梅之間的互動，雖然沒有半點甜蜜，但以一個失去未婚妻的人來說，他極度羨慕。

「老婆，我跟阿雄很久沒見了，要一起去吃個飯，妳要不要一起去？」阿貴的話都還沒講完，阿梅就瞪了阿貴一眼，冷冷地說：「要去你們去，我自己回家，你最好不要喝醉了還開車，可別忘了上個月酒駕的罰單九萬塊是誰幫你繳的。」說完她就往路邊排班的計程車走去，上車後門還關得特別有情緒。

阿貴覺得有點丟臉，「哈哈哈哈，我老婆就是這樣直接啦，」面對阿雄的眼光，他試著替自己打個圓場，「女人嘛，結婚前都很溫柔婉約，結婚後就恰北北，習慣就好，哈哈哈哈。」

「阿貴啊，你真的不需要為了請一頓飯而讓老婆自己回家。」

「沒關係啦！我家又不遠，我只是今天沒什麼事所以才來載她，不然結婚後她忙她的我忙我的，也很少接送了。」

「你現在的工作是什麼？」

「呃……哎，我們先去吃飯嘛。吃飯聊！」

拗不過阿貴，阿雄只好答應，心想不要待得太晚就好。換過車票之後，阿雄拉著阿貴說：「先說好，我不餓，就聊一會兒，我今晚一定要走。」

「沒問題！不餓也沒關係，叫幾瓶酒、一點小菜就好，這麼久沒見，聊一聊嘛，走，我的車在那邊的停車場。」

「都要去喝酒了你還要開車？」

「對喔！我們坐車！」阿貴邊說邊打開離他們最近的一輛排班計程車車門，上車後告訴司機目的地，阿貴逕自拿出口袋裡的香菸，才在想跟阿雄借火，司機就制止了他，「先生不好意思，我的車子禁菸喔。」

「我又沒要抽，咬著不行喔！」阿貴說著，用機機歪歪的語氣。

「阿貴完全沒變。」阿雄心裡這麼想著。

到了海產攤，阿貴像是來到自己家廚房，裡面的服務生阿姨好像都跟他認識很久了一樣，一見到阿貴來，就七嘴八舌地跟他嘻嘻哈哈，阿貴隨意哈啦幾聲，叫了一些下酒菜，幾瓶台灣啤酒就直接擺在桌上，他開了一瓶，替阿雄倒了滿滿一杯，然後自己拿著剩下的整瓶啤酒，「阿雄，你隨意，我乾了這瓶，算是相賠，我對你真的不好意思。」說完就咕嚕咕嚕地喝掉整瓶，才十幾秒鐘的時間，喝完沒多久就打了一個有如恐龍吼叫般的大嗝。

阿雄喝完手中那杯酒，想問一些這幾年過得怎樣之類的問題來當開場，但畢竟阿貴被追殺跑路過，這些問題算是有點敏感，阿雄才在想該怎麼問比較婉轉的時候，阿貴自己開始全盤托出。

「阿雄，我跟你說，雖然當年確實是我把酒吧的生意搞砸了，但是你真的不能完全怪我，那不是我一個人的錯，如果阿生跟臭屁仔他們不要那麼囂張，還挖我們另一間外圍的生意，我也不會去跟他們起衝突，我相信是你也一樣忍不住啦。但是打輸就是打輸了，我認了，我們的店被砸，我也認了，想跟他們談和，幹你娘的甩都不甩我，還說最好不要出門讓他堵到，不然讓我沒路走。我真的是沒辦法才跑路的，不是故意要把爛攤子留給你收拾，我知道你應該有聽說我跑去菲律賓的事，其實我在菲律賓待沒多久就去泰國了，那裡有很多台灣人去做生意，我去那邊替他們看場子賺點錢，不然我的生活沒辦法過下去。我在泰國待了五年，好幾次都想打電話給你，電話拿起來之前都很可以，號碼一按完就沒勇氣撥出去，我知道你應該對我有很多誤會，我真的很不好意思，希望你不要見怪，給我一個機會讓我賠給你，我跟你說，現在沒那麼好混了，一些少年仔一個比一個囟啊，我們這些人都快沒舞台了，回台灣之後娶了老婆，為了生活我還跑去考大車駕照，偶爾開開貨櫃賺點錢，偶爾朋友介紹去人家的店看看場子，有時候替朋友出面收收帳之類的，生活還算可以過下去……」

阿貴霹靂啪啦說了一大堆，一講就是半個多小時，阿雄只是靜靜地聽，看著眼前這個認識了好久，當年一起打拚過卻不太靠得住的所謂兄弟，他也回想起以前的許多事，那些事情都已經過去了，卻在兩個人的杯光酒影中，一件一件翻出來細細地回憶。

桌上的啤酒很快就喝完了，阿貴又叫了半打，再加開一瓶威士忌，兩種酒相加，變成俗稱的深水炸彈，威士忌還有三分之一沒喝完，阿貴已經醉倒了。

阿雄拿起阿貴放在桌上的手機，用他的指紋開鎖，然後打給阿梅，告訴她阿貴喝醉了，請她來把阿貴帶回家。

阿雄知道阿貴沒辦法付帳了，就算阿貴的皮夾就放在他的口袋裡，阿雄也不是那種會自己拿別人皮夾付錢的人，他把帳單付了，坐在原地等阿梅。十分鐘之後，阿梅搭著計程車來到，她並沒有向阿雄打招呼，只是一臉無奈又氣憤地試圖叫醒阿貴，但阿貴已經睡死。

「妳把計程車車門打開，我幫你扛。」阿雄說。

當阿雄把阿貴好好地擺到後座上，阿梅才露出比較友善的表情向他道謝，「謝謝你，阿雄，你跟他那些朋友不一樣。」

「怎麼說？」

「他經常在外面喝醉，都是店家打電話給我，跟他一起喝的朋友早就跑光了，連替他叫計程車都不會，滿桌酒菜跟一地上空酒瓶隨便算一算都是幾千塊，帳單就變成我在買。」

「辛苦妳了。」阿雄說。

「衰啦！」阿梅抱怨著，「嫁到這種的算我衰啦！」

阿梅關上車門離開之前，給了阿雄一個友善的笑容，阿雄為了這個笑容感到溫暖，同時也為了他們夫妻之間才有的抱怨與指責而感到羨慕。要是他能跟王素媛完成婚禮該有多好，說不定他也會發生跟現在一樣的狀況，需要王素媛來帶他回家，雖然這種狀況有點糟，任何一個女人都會生氣，但對阿雄來說，他連讓王素媛生氣的機會都沒有了。

在回高雄的高鐵上，阿雄手上拿著王素媛留下的遺書，「小媛，我知道妳最後那一句話是什麼意思了，我會替妳完成。」他在心裡默默地告訴自己。

在阿雄跟鄭爸的飯局裡，阿雄最後把這封遺書拿給鄭爸看，鄭爸看完之後拍了拍阿雄的肩膀，「你的狀況，跟我幾乎一模一樣。」他說。

「什麼意思？」

「恕我直說，我女兒是自殺的，你未婚妻也是。」

「對。」

「你未婚妻留給你的最後一句話，就是在告訴你她的決定是為什麼。」

「什麼意思？我不懂。」

「被性侵害的受害人一旦自殺，被告將直接處以十年以上有期徒刑，而且不能減刑也不能緩刑，這是刑法第二二六條（註三）的規定。」

「什麼？」

「阿雄，快回去向法院提出申告吧。」鄭爸說。

註三：

刑法第二二六條

犯第二百二十一條、第二百二十二條、第二百二十四條、第二百二十四條之一或第二百二十五條之罪，因而致被害人於死者，處無期徒刑或十年以上有期徒刑；致重傷者，處十年以上有期徒刑。因而致被害人羞忿自殺或意圖自殺而致重傷者，處十年以上有期徒刑。

16

阿雄回到高雄已經是晚上十點多，賓仔在高鐵站等著。

「我不知道你竟然在台北待了兩天，有什麼收穫嗎？」賓仔問。

「收穫多到出乎意料，之後有機會再告訴你，現在有很多事要做。」

「什麼事？」

「還記得小媛在她的遺書裡寫到，那兩個性侵她的廢物被判緩刑嗎？」

「當然記得，這真不公平。」

「所以小媛決定自殺是有原因的。」

「什麼原因?」

「刑法規定,被性侵害的人如果自殺死亡,或是沒死卻造成重傷害的話,犯人會直接判處十年以上有期徒刑。」

「真的假的?」

「真的,鄭爸告訴我的,他的女兒也是這樣,犯人會直接被關起來,甚至法官都沒有裁量權,只要到法院宣告,並且證明被害人已經自殺身亡或是重傷害,就直接執行刑期。」

「雖然聽起來是個好消息,但是……」賓仔的表情有點複雜。

「但是什麼?」

「一條命換十年,還是不公平啊!」賓仔語帶憤慨與不滿。

這話像一根又細又長的針,深深插進阿雄的心臟,他覺得有點呼吸困難,一股悶氣哽在喉間,胸膛緊繃得像被纏上麻繩,他想起鄭爸說過的,所謂罪名與刑期之間的衡量要有比例原則的事,這些生硬又完全不符合人性的法條規定確實會讓人充滿疑惑、無奈和憤怒,但他沒有能力改變,他也不知道該怎麼改變。

「就不說出人命了,」賓仔繼續說,神情顯得有些氣憤難平,「之前什麼賣假食用油的新聞，毒害民眾十幾年，結果只判兩年，居然還說是重判。」

「對，這確實是不公平，」阿雄直接把話題拉回來，「但現在顧不了這些，我們要先把該做的事做完。」

「要做什麼？」

「明天是小媛頭七，我要去她老家祭拜她，然後請王伯伯去法院申告。」

「他不是叫你不要再……」

「不管了，就算再被打一頓也要去。」

「然後呢？」

「然後我要想辦法調查這兩個廢物為什麼可以緩刑。」

「你要怎麼查？」

「坦白說，我也不知道，我只想到要把他們兩個找出來問清楚。」

「這是什麼爛方法！你覺得他們敢出來嗎？就算他們敢出來，你也不會問這個了，見面第一秒沒動手就已經接近聖人等級了，而且你這種身材，沒有失手把人活活打死就不錯了。」

「對，賓仔，我就是怕自己按捺不住，所以才只有這個爛方法，除此之外還真的不知道該怎麼辦。」

過了幾秒鐘，賓仔的頭上冒出一個燈泡。「有個辦法！」他說。

「什麼辦法？」

「這說來有點丟臉，卻可能是最好的辦法。」

「你講啊！」

「幾年前我媽懷疑我爸在外面養女人，但一直抓不到，所以我媽找了徵信社……」

「你的意思是，我們找徵信社去查？」

「沒錯。」

「徵信社有在查這個？」

「我本來也不曉得徵信社到底有多大能耐，但見識過後才知道他們很可怕，而且我媽找的徵信社是她那些什麼婦女會朋友介紹的，聽說那些人之前都在調查局或刑事局待過，人脈廣到不可思議的地步，黑白兩道都有線可以跑，而且只要有錢賺，什麼都能查。」

「這……很貴吧？」

「錢的事我來處理就好，你不用擔心。」

「不行，」阿雄嚴肅地說：「這是我該花的錢。」

「我沒說不讓你花，我只說我來處理，價錢我來談，出面我來出，不要讓徵信社知道你是當事人比較好，免得後面有什麼麻煩。」

「賓仔，那就麻煩你了，謝謝你。」阿雄誠心道謝。

賓仔載著阿雄回到他家，兩人約好明天早上七點半在門口會合。阿雄回到家之後，看見屋子裡變得乾淨整潔，像是新居剛落成，也像是王素媛還在的時候一樣。他進門第一件事就是先走到浴室，那裡已經被清理乾淨了，一點痕跡也不留，像是什麼事也沒發生過一樣。

接著他聽到手機收到訊息的聲音，但那不是他的手機，而是王素媛的，聲音從房間裡傳來。

隔天早上八點多，阿雄跟賓仔就來到屏東王素媛的老家，門口她的靈堂看起來簡單隆重，那張遺照還是他們兩個月前去相館拍的證件照，要用來辦蜜月旅行的國外簽證，阿雄還記得那個髮型是拍照前他替她梳上去的，不然他一直覺得她的劉海看起來有點呆。

阿雄才剛出現在門口，站在靈堂門口的王伯伯三秒鐘就氣到滿臉發紅。

「你來幹什麼？我說過不想看到你！」那鄉音依然沒變，嗓門還是一樣大。

「王伯伯，我來是有重要的事。」

「不管什麼重要的事都跟我無關，我家跟你沒關係，你給我滾！」

「王伯伯，請你給我五分鐘，我把話說完，然後讓我給小媛上炷香就離開，只要五分鐘。」

「不要！」

「王伯伯，請你……」

「不要！你滾！快滾！」才講沒幾句話，王伯伯已經開始歇斯底里。

一旁的賓仔一臉不爽，「媽你個老番癲！」他心裡這樣罵著。

本來在屋裡的王伯母聽到吵鬧聲走出來，她先看了一眼阿雄，便知道王伯伯的激動其來有自，但她跟王伯伯不一樣，七天的時間過去了，她對阿雄就算有過不滿，也已經放下。

「老伴，這都頭七了，沒道理不讓阿雄上炷香，你再怎麼生氣，說不定小媛想見見他。」王伯母拉著王伯伯勸慰著。

王伯伯的眉頭還是皺得緊，視線並沒有從阿雄身上移開，他緊盯著，緊盯著，王伯母勸說之後的沉默像是他的默許，但他依然站在原地，像是在看顧什麼重要的東西一樣，阿雄經過王伯伯身邊，王伯伯的視線持續跟著他，他走到堂前，拿出香點燃、祭拜等等，王伯伯的視線沒離開過。

香插好，阿雄給王素媛深深一鞠躬，看著她的遺照，阿雄心一酸，幾天沒醒的淚腺再一次被喚起，但現在掉下來的眼淚是想念的，不再那麼悲痛。

阿雄轉身之後走到王伯伯面前，他擦掉臉頰上的眼淚，「王伯伯，有件重要的事，你一定要去做。」阿雄說。但王伯伯完全沒有回應，本來還看著阿雄的視線這時竟別開去，像是不想見到仇人一樣。

「王伯伯，你不看我也沒關係，我把話說完就走，但請你一定要去做，不然小媛的死就沒意義了。」

「什麼事？」見王伯伯不說話，王伯母開口了。

「小媛之所以選擇自殺，是為了讓侵犯她的兩個犯人入獄。」

「放屁！」王伯伯大罵，「犯人本來就會被關，她是太傷心才自殺的！」

「王伯伯，有些事你不了解，你可能不知道那兩個犯人被判緩刑了吧？」

阿雄開始把他這幾天來，不管是從網路上，還是從鄭爸那裡得到的資訊全部告訴王伯伯跟王伯母，賓仔在一旁也聽得入神，王伯伯到最後一句話也說不出來，他心裡開始難過自責，身為父親，他竟然完全沒有注意到這些事情，只顧著氣憤和遷怒。

「阿雄，你既然知道這些，為什麼不去法院申告？」王伯母問。

「王伯母，我不是小媛的家人，我只是未婚夫，未婚夫在法律上沒有任何效力可以代表家屬，這件事只能由你們來做。」

「好好好，」王伯母情緒複雜，她哭著對阿雄說：「謝謝你啊。」

「伯母別客氣，這是應該的，那事情麻煩你們，我先走了。」

阿雄上了賓仔的車，離開了王素媛的老家，車子才開走不到五分鐘，阿雄的電話響起，來電顯示姓名：岳父。其實岳父兩個字是王素媛改上去的，本來阿雄寫的是王伯伯。

「喂，王伯伯，怎麼了嗎？」阿雄急忙接起來。

但電話那頭沒有任何回應，連喂都沒有，只傳來厚重的呼吸聲。

「王伯伯，有什麼事，請說。」

「嗯……阿雄欸……」

「請說，我在聽。」

一陣說不上是什麼奇怪感覺的沉默瀰漫在車室裡，也瀰漫在電話裡，過了一會兒，阿雄才從電話裡聽到一句有點沙啞但極具重量的話，「……謝謝……」

阿雄把電話放下。賓仔跑車的引擎聲在車室中低沉地轟隆著，他腳踩著油門，路燈和路樹一根一根只剩殘影地被遠遠拋在後面，超過四百匹馬力的高級跑車以一百多公里的時速往高雄市區前進。賓仔想跟阿雄說些什麼，但看阿雄頭低低的，像是在思考什麼，又或是在回憶什麼，賓仔不好意思打斷他。

「好了！」阿雄抬起頭來，很有精神地說：「算是給小媛一個基本的交代了！」

「原來你在想這個？」

「對啊，不然你以為我在想什麼？」

「我以為你無緣的岳父跟你說了什麼。」

「他只有說『謝謝』兩個字。」

「很感動嗎？」

「沒有，不是感動，而是覺得對小媛有交代，所以有些心安了。」

「那現在，去下一站？」

「對，徵信社。」

「如果查到什麼結果，你打算怎麼樣？」

「到時看著辦。」

「你爸爸那邊，你還不打算讓他知道嗎？」

「找個好時機點，我會告訴他的。」

「有件事我想問你。」

「什麼事？」

「小媛的遺書你為什麼不給她爸媽看？」

「因為那是小媛給我的，那是我的。」

「我以為你留著有什麼打算。」

「賓仔，開慢點，」阿雄拿出一根菸，按下電動車窗，菸點燃了之後，白色的煙霧被車外的風拉了出去，形成一條掛在空氣中的不規則的白線，「本來我是沒什麼打算，但我現在有了。」

「你打算怎樣？」賓仔問。

阿雄沒有回答，他只是慢慢握緊拳頭。

他想起昨晚在王素媛的手機上看到的訊息，當時他的理智線幾乎瞬間斷掉，他緩慢地放下手機，呼吸濃重、混亂又急促，他用盡全身的力氣，只為了讓自己走到床上躺下，用棉被把自己包裹起來，拿枕頭把自己的臉悶住，然後朝枕心狂叫怒吼以發洩情緒。

王素媛的手機好幾天沒有充電，雖然沒有通話、沒有使用，但還剩下三％的電力，過去幾天一直沒有發現它，現在卻發出聲音來提醒阿雄它還存在，阿雄心想，這或許是一種註定。

阿雄在她的手機上看到幾則未讀的訊息整齊地排在鎖定畫面上，來訊的都是同一個人。

小林。

第一個訊息，五天前。

「不要把事情搞得很複雜，要多少錢妳說，我一定賠妳，只要妳別上訴。」

第二個訊息，四天前。

「就算沒有已讀，我也知道妳會看訊息，妳回應一下好不好？」

第三個訊息，三天前。

「這樣好嗎？兩百萬。等妳回覆。」

第四個訊息，一天前。

「喂，妳連讀都不讀，到底有沒有要解決事情啊？我最後一次出價，最多三百萬，要簽不上訴同意書，等妳回覆。」

第五個訊息，一分鐘前。

「妳一定要把事情搞成這樣我也沒辦法，我這麼有誠意和解，妳一直把我的客氣當空氣，那就拉倒，我告訴妳，我一審有辦法弄到緩刑，之後我就有辦法搞到無罪。」

17

賓仔跟徵信社的人約在高雄市區一間金鑛咖啡碰面，在他們碰面之前，阿雄買了一份報紙點了一杯飲料坐在隔兩桌遠的地方，假裝是不相干的路人。時間一到，三個男人準時出現，他們走到賓仔面前，「請問是賓仔嗎？」其中一位看起來比較斯文的中年男子說話，賓仔站起來點頭，臉上的表情很平靜，沒有任何情緒。

賓仔是完全做好準備的。

通常是遇到不太好的事情才會找徵信社調查，所以當事人大多不喜歡自己出面，一方面是安全問題，一方面是面子問題，所以會有受委託人來替當事人跟徵信社接洽，受委託人通常會以絕對第三者的角度來跟徵信社溝通協調，他們會表現得跟當事人沒有關係，僅僅是受委託而已。這一點賓仔很清楚，他家庭的富裕環境讓他能看到一般人比較不常看見的視野，有錢人的太太找徵信社查丈夫外遇之類的事，他從小到大看過太多，就連他媽媽都調查過他爸爸，而查到的是……那不重要。

徵信社的人坐下之後，賓仔很快地把事情簡單但完整地告訴他們，在他說明的同時，徵信社這方主要由那位比較斯文的人來跟賓仔對話，並且提出疑問，其他兩個人完全沒有搭腔。他們全部的對話阿雄都聽得清清楚楚，但他記得賓仔交代的話，裝作沒事的路人，靜靜地喝咖啡看報紙就好，不要有任何奇怪的舉動，就算聽到什麼也不要有反應，連肩膀不自然地抖一下都最好別有。

他們對談了大概二十分鐘，最後徵信社問到調查的重點時，賓仔向他們借了紙筆，親手寫下林建易跟蔡育華兩個名字，「這是一件大概在三個星期前宣判的性侵案，」賓仔說：「事情其實不難，我想你們應該可以很輕易地查到一些我的委託人想知道的資訊。」

賓仔才剛說完，徵信社三人其中一個身材比較矮胖的人說話了，「這個名字有點熟。」他邊說邊指著紙上「林建易」三個字。話才說完，賓仔的表情看起來有點吃驚，而阿雄則是差點把剛喝進去的咖啡噴了出來。

「你認識？」斯文的那一位問道。

「不，」矮胖的那位歪著頭說：「不是認識，就好像之前查其他案子時看過這個名字，不過這也不是什麼特殊的名字，可能只是同名同姓而已。」

「嚇我一跳，」賓仔說：「我以為這個案子你們這麼輕鬆就要賺起來了。」

「賓仔，」斯文那位說道：「這案子聽起來是不難，我們可以做，那費用方面……」

說到費用，賓仔轉頭從自己背後的袋子裡拿出一個信封，「這是前款，裡面有兩萬，後面的費用也都好談，我當事人費用給得乾脆，也希望你們多費點力，盡快調查，好嗎？」

「好，那就這樣。」

「那這個案子你們需要多久時間？」

「這說不準，可能幾天，也可能要一陣子，但我們一有進度馬上會通知你。」

「好。」

徵信社的人走了之後，賓仔到櫃檯去外帶了一杯咖啡，在等待時傳 line 給坐在旁邊的阿雄，要他到二號回收場會合。

在到二號的路上，阿雄刻意經過「一號」，他看見好幾天沒見的父親坐在貨櫃屋前面泡茶，旁邊坐了兩個阿伯，都是他多年的好朋友。阿雄想走進去看看爸爸，跟他問候幾句，但他擔心自己忍不住把事情說出來而打消了念頭。一號的兩名員工在裡面忙進忙出，他們是阿雄眼裡最辛苦的兩個人，因為一號的環境是他手中五間回收場裡面最糟，規畫也是最差的，如果不是因為租約還有好多年，阿雄甚至想過把這裡收起來，搭個鐵皮屋當作倉庫來使用，但他知道那是爸爸拚了三十多年的心血，他不想看到爸爸捨不得的表情。

當阿雄走進二號時，好幾天不見的員工看見他都有點驚訝，心想老闆好幾天沒出現也沒打過電話，這時候突然跑來，是不是要突擊檢查。

只見阿雄四處巡看了一會兒，就直接走到櫃檯旁邊，在那一位被他叫作內務總管的資深老員工阿明耳邊說了幾句話，說完，阿明笑笑地看著阿雄，點點頭，然後拿出手機，在全員工的 line 群組裡面傳出一句話：「老闆說這個月每個人多發三千元。」為了怕被懷疑，他後面還補了一句「這是真的，老闆現在在二號」。

阿雄走進他所謂的辦公室裡，點起一根菸，慢慢地抽著，賓仔這時走進來，也點了一根菸，坐到阿雄旁邊。兩根菸同時熏染著，那些會致癌的白煙一下子充滿了整間辦公室，兩個人並肩而坐，卻一句話也沒說，就這樣沉默了一會兒。

「謝謝。」阿雄打破沉默。

「你再講謝謝，下一筆生意我就找別人一起做。」

「為什麼？」

「大家都是好朋友，一直講謝謝很娘砲。」

「謝謝。」

「……你不想跟我一起做生意就講一聲。」

「謝謝。」

「媽的……」

「謝謝。」

「幹！」賓仔用手摀住耳朵，「講點別的都好，不要再謝了。」

「好，我來講點別的，賓仔，雖然我不知道什麼原因，但我已經確定那兩個廢物會被判緩刑是有問題的。」

「真的？你怎麼確定？」

這時阿雄從口袋裡拿出王素媛的手機，打開訊息頁。「妳一定要把事情搞成這樣我也沒辦法，我這麼有誠意和解，妳一直把我的客氣當空氣，那就拉倒，我告訴妳，我一審有辦法弄到緩刑，之後我就有辦法搞到無罪。」阿雄一個字一個字唸出來的同時，賓仔把臉湊上去一起看。

「弄到緩刑？」

「對，他還要搞到無罪。」阿雄咬牙切齒地冷哼一聲，「然後我回他了，你自己看。」

他把手機遞給賓仔，賓仔好奇得像接過最新一期連載的漫畫一樣，瞪大眼睛看著。

我：我很好奇你要怎麼搞到無罪。

小林：肯回覆了是吧？怕我無罪是吧？早告訴過妳，我有的是辦法。

我：說來聽聽。

小林：妳不需要故作輕鬆，現在還有機會，三百萬和解，要不要？

我：你很怕吧。

小林：怕什麼？

我：怕我上訴，所以才一直要用錢來買。

小林：妳是瞎了嗎？我都說了我有辦法弄到無罪。

我：林建易先生，你是不可能無罪的，你很快就要進去蹲，而且至少十年，知道嗎？

小林：我都緩刑了怎麼關？妳腦袋有問題是不是？

我：腦袋有問題的人是你，而且你要倒大楣了。

小林：哈哈，妳這個女人真的有病。

我：你慢慢笑，我告訴你，我不是王素媛，我是她的未婚夫。

我：王素媛已經死了，她是因為這個案子自殺的，你跟那個蔡育華一個都跑不掉。

我：刑法第二二六條，你自己去查吧。

我：順便告訴你，我未婚妻並沒有跟你們和解，也沒有接受道歉，你們的緩刑大有問題，我也已經叫人去查了，你說你很有辦法，我們就來看看你的辦法是什麼。

我：對了，你要進去蹲那天，我會在監獄的門口目送你，而且我還會放煙火歡迎你，裡面那些人應該會對你跟蔡育華的屁眼很有興趣，他們會照三餐讓你們知道被強姦是什麼滋味。

我：幹你娘的你死定了。

看到這裡，賓仔樂得大笑，「幹！好爽！這個俗辣最後完全不敢再回耶。」

「我真想看他當時的表情。」

「幹！一定嚇到全身出冷汗，口水一直吞一直吞。」賓仔說。

兩個人在辦公室裡樂得大吼大笑，對阿雄的員工來說，這是個常見的畫面，以前他們就經常在辦公室一起看 Youtube 上的一些爆笑影片，然後兩個人像瘋了一樣亂叫。但他們不知道自己的老闆這幾天發生了多少事，未來的老闆娘也無緣來當他們的老闆娘了。

王素媛過世雖然只是幾天的事，阿雄此時卻覺得好像過了好幾年，而這樣開心的笑，好像也已經很久很久沒有過了。

兩天之後，晚上七點，賓仔接到徵信社打來的電話，「賓仔，我們查到了。」電話那頭是比較斯文的那位先生，「但是狀況有點棘手而且複雜，我們方便現在碰個面嗎？」在他說話的同時，旁邊有個聲音，是矮胖的那位，他也在另一通電話中，那語氣急促，好像在急著確認什麼事。

「現在？」賓仔再次確認。

「對，現在。」斯文那位說道：「就約在我們上次見面的金鑛。」雖然他的語氣還算平緩，賓仔卻有一種不好的預感。

同一天晚上八點，阿雄剛在家裡吃完便當，手機鈴響，是一個陌生的號碼。

「是許照雄嗎？」電話那頭是個低沉的聲音，用帶著些許台灣國語的腔調說話。

「對，你哪裡？」

「你不用管我哪裡，」那聲音開始不客氣起來，「我是來好言相勸的，有些事情不要碰，有些事情不要查，你碰了、查了，就會惹到不該惹的人。你未婚妻人都走了，事情結束就好，最好不要再搞下去，不然我保證你會很難看，不信的話就來試試看，我能知道你的電話，就表示你沒有什麼我不知道的，你明白我的意思喔？」

「你當我被嗆大的？」阿雄已經火冒三丈。

「不信啊？那你等著。」

對方說完就掛上電話，阿雄連回一句髒話的機會都沒有，他氣得全身發抖，這輩子沒有像現在這麼生氣過。他壓抑著快要爆發的怒火，把手機放到桌上，然後慢慢坐到沙發上，他腦袋裡亂得不知道該從哪裡思考起，不停地回想剛剛那通電話的內容，他的手緊緊握拳，緊皺眉頭閉上眼睛，試著讓自己專心找出一個思考的方向，這時他意識到，憤怒而沸騰的血液快速地在全身竄流，但心裡卻感覺到不知名的恐懼。

這恐懼來自他不知道對方會做出什麼事，他不是沒混過，從來不怕打打殺殺，他怕的是敵暗我明，他不知道該怎麼應變。

這時電話又響，是賓仔打來的。

「阿雄，我剛剛跟徵信社的人碰面，他們查到了。」

「查到什麼？」

「我們無意間捅破了虎頭蜂窩，現在事情大條了。」賓仔說。

18

「還記得我們跟徵信社見面那天，一個矮矮胖胖的傢伙說他覺得林建易這個名字看起來很眼熟吧？」賓仔跟阿雄約在住家附近一間便利商店的戶外座椅區碰面，阿雄看著賓仔從他的跑車上下來，神色有點慌張，第一句話就提到這件事，他聯想到二十分鐘前接到的那通恐嚇電話，心裡的不安開始驟增。

「記得。」

「我跟你說，那確實是一個他很眼熟的名字，更是一個他很面熟的人。」

「什麼意思？」

「他剛剛告訴我，他本來是個刑警，四年前離開警職之後開始做徵信，而林建易這個名字他在剛入行的時候就查過了。林建易的爸爸是以前我們高雄地區的鋼鐵王，也是大地主，楠梓左營鼓山有很多都是他的地。四年前，林建易曾經因為詐欺被告，本來都要被關了，最後還是和解。三年前他簽賭兼吸毒，在外面欠很多錢，惹到一大票的黑道，表面是他爸爸出面替他還錢，但真正出來處理事情的其實不是他爸爸，是王進財。」

「……王進財？」阿雄乍聽這個名字非常耳熟，「我怎麼覺得聽過？」

「不只聽過，你還認識，我也認識，高雄市民都認識。」

「不會吧……」阿雄驚訝得嘴開開，「高雄市議會議長？」

賓仔嘆了口氣，閉著眼睛點點頭，「對，就是他。」

「我以前在混的時候……」

「對，就是他，你以前老大的老大……」

「事情怎麼會牽扯到他那裡去？」

「其實關係有點複雜，但講起來也就是那麼一回事。王進財跟林建易的爸爸從年輕的時候就是好朋友，只是一個從商做鋼鐵，另一個混黑道當老大，林建易的媽媽還是王進財介紹給他爸爸的，等於王進財是看著林建易長大的，後來乾脆收林建易當乾兒子。還有，每一次王進財選舉的時候，林建易的爸爸就會給一大筆錢，當然那些都是黑帳，早就超過政治獻金的上限，他等於是王進財養的財主兼樁腳。」

「他媽的林建易這個臭鱉三幾乎等於是富二代加黑二代了嘛，那他幹嘛去幼稚園上班？」

「有些有錢人去上班只是為了交朋友或是防無聊。」

「像你一樣？」阿雄指著賓仔。

「幹，跟真正有錢的人相比，我家只是屁，而且我在自己家的公司上班！」

「好吧對不起，你繼續說。」

賓仔白了阿雄一眼，繼續說下去，「但是這個鱉三他可不是去交朋友或防無聊的，他心理有病。」

「媽的性侵犯哪個不是心理有病？」

「對，他就是病得不輕，所以小媛不是他第一次犯罪。」

「什麼？」

「驚訝吧？剛剛我聽到的時候也很驚訝，」賓仔摸摸鼻子，「三年前他被黑道追殺，王進財幫他擺平之後，他那個一天到晚想性侵別人的心理毛病就爆發了。他先是去醫院工作，性侵過護理師，但沒有成功，被抓之後和解賠了一筆錢。但他真的有病，被抓了沒被告就沒在怕，離開這間醫院跑去別間醫院繼續性侵，然後還是沒成功，又被抓，又私下和解賠錢，後來他發現幼稚園老師比護理師性感，所以跑去幼稚園開娃娃車，當司機兼雜工，就算沒薪水也沒關係，他要的是那些二十多歲的女老師，徵信社說，他至少犯了四起性侵案。」

阿雄在聽這段話的時候是閉上眼睛的，他在努力控制自己。

「曾經有被害家屬請徵信社調查後，要找一些流氓去動他，但是因為王進財的關係，他就像有個隱形的防護罩一樣，而且那些被害人沒有一個提告，通通被私下和解，我想這也跟王進財有關係。」

「所以小媛是第一個告他的？」

「對。」

「那蔡育華呢？」

「他也不是什麼好東西，程度就差不多是林建易的跟班。」

「媽的……」

「我還沒說完，」賓仔吞了吞口水，「因為小媛是第一個告他的，他覺得事情大條了，又因為小媛不接受道歉跟和解，所以他回頭找王進財處理。」

「處理到緩刑？」

「對，但是他怎麼也沒想到小媛會自殺，所以刑法第……」

「第二二六條，林建易現在嚇得要死……」阿雄把賓仔的話接下去，「但是，為什麼可以處理到緩刑？」

「這就是重點了。」

阿雄轉頭看著賓仔，「重點？」

「王進財收買法官。」

阿雄瞪大眼睛，「幹……」

「這也是為什麼徵信社剛剛那麼急著要跟我見面的原因，因為這件事王進財已經知道了，而且我相信你用小媛的手機跟林建易的對話，他也已經看過了。」

「對……」

賓仔愣了一下，「對？」

「賓仔，我剛剛接到一通恐嚇電話，對方說他知道我是誰，還有我所有的事，要我最好不要再找麻煩。」

「真的假的？那你回什麼？」

「你覺得我會回什麼？我當然是嗆回去了。」

「現在事情麻煩了，因為王進財知道這件事了，他絕對不會希望這件事情曝光，不然光是他以前違法收受政治獻金跟現在收買法官這兩條就夠他吃屎了，他肯定會想盡辦法讓我們閉嘴。」

「可是小媛已經死了，我相信王伯伯也一定已經去法院申告了，林建易是跑不掉的。」

「林建易跑不掉還是其次，重點是他一旦被關，那些跟王進財有關的事情就會爆開，他一樣要出事，所以他現在就是會竭盡所能地讓我們閉嘴。」

「怎樣？他能殺了我們嗎？」

「當然可以，你以為他辦不到？」

「幹！」阿雄怒罵著。

「我知道你現在很不爽，我也是，但我們真的要冷靜一點。」

「所以呢？我們就這樣算了？打電話要王伯伯不要去申告？」

「不管我們要怎麼做，現在可能得先想辦法保命要緊，」賓仔緊張地說：「我現在想起來都怕，聲音還有點發抖，不知道什麼時候王進財會找人來動我們。」

像是氣管被哽住一樣，阿雄的怒氣哽得他呼吸困難，他憤怒地低吼了一聲，引來旁人的側目，賓仔把他拉到一旁的人行道上，他還是滿臉通紅，猛抓著頭髮，不知如何是好。

「阿雄，你先冷靜點，而且你最近最好不要常出門，如果對方再打電話給你，掛斷就好，不要再說什麼，把命留下來比較……」

「我辦不到！」阿雄打斷賓仔的話，「要我當沒事，我真的辦不到！」

「不是要你當沒事，是先過這一關再說。」

「怎麼過？」阿雄的聲音有點絕望。

「我們可以先去報警。」

「報警有用嗎？警察問我們，我們要怎麼說？高雄市議長要殺我們，他還賄賂法官，這樣嗎？」

「幹，我也沒辦法了。」聽到阿雄這麼說，賓仔也低頭嘆氣。

兩個人就這樣坐在路邊的人行道上，半個多小時沒說一句話，菸屁股一根根散佈在腳邊，阿雄的頭痛得像是要從腦袋裡面往外爆開一樣，賓仔則是不停地深呼吸吐大氣。

這時賓仔站起身來，「我們先回家吧，我回去想一想，或許可以叫我爸爸幫忙，他有個朋友是警界高層退休的，說不定能請他替我們想想該怎麼辦？」

阿雄回到家之後，把自己往沙發上扔，這時那些從小到大被教導的人生道理被他一股腦地倒出來好好審視了一番，然後他慢慢體認到，在現實又黑暗的社會裡，那些道理根本就像是垃圾一樣。明明受害的是他的未婚妻，痛苦的是他和王伯伯王伯母，他們也遵循著正常且正當管道去尋求解決，希望能透過法律得到一些公道，沒想到到頭來什麼都沒有，連只是來幫忙的賓仔也一起被拖下水。

阿雄閉上眼睛想尋求一些平靜，卻一直失敗，睜開眼睛望著天花板，就看見王素媛的樣子，他再次從口袋裡拿出兩個十元硬幣，「小媛，告訴我該怎麼辦？」

這次的擲筊沒有任何結果，阿雄心想，顯然小媛也不知道該怎麼辦。這時他想起賓仔剛剛說的話，先把命保住要緊。

他拿起電話，撥給阿貴。

「阿雄！我才想打電話給你！」又是這種屁話，阿雄已經聽到沒感覺了，「那天不好意思啊，喝醉了還讓你付錢，你現在在哪裡？台北嗎？我請你吃飯！吃完我帶你去酒店喝兩杯，找小姐吃豆腐摸屁股。」

「阿貴，我有事情想請你幫幫忙。」阿雄完全不想跟他廢話，直接切入重點。

「你說！我一定幫你！」

「幫我弄把槍。」

「槍？你要幹嘛？」阿貴剛剛吊兒郎當的語氣馬上嚴肅起來，「要開人喔？」

「我有點麻煩，要防身，你有沒有一句話，不要廢話。」

「我有，你什麼時候要？」

「最好是現在。」

「好，你等我，我現在去拿，然後坐車下高雄。」

「謝了。」阿雄說。

電話掛掉之後，阿雄走到櫃子前，拿起一瓶還有三分之二的威士忌猛灌，再次把自己拋進沙發裡，無奈地望著天花板，不知道為什麼，他已經看不到王素媛的樣子，心裡的不安慢慢累積起來，沒多久，酒已經被他喝光，酒精快速作用之下，他昏昏沉沉地睡去。

半夜三點，阿雄被一陣急促的手機鈴聲叫醒，電話那頭是個陌生的聲音，傳來一個最糟的消息，他的理智幾乎斷線。

「一號」被大火燒毀，警消在燒到半熔的大堆鐵金屬下發現一具焦屍，研判起火點是擺放在入口附近的廢紙堆，然後火勢延燒到整個回收場，他們判斷死者為了救火站在紙堆前方，卻沒發現後方的金屬堆崩塌而被壓在下方，因而喪命。

警消在被燒得半毀的貨櫃屋裡找到死者的皮夾和身分證，「許先生，我們很遺憾地通知你……」電話那頭說什麼，阿雄都聽不見了，他立刻衝下樓，坐上那輛已經好一陣子沒開的老車，剛發動的時候，排氣管還嘔出一大堆黑煙，他一路油門踩到底，往一號的方向衝去。

就在距離一號大概還有三分鐘車程的一條四十米寬的大路轉角，為了閃避一隻橫衝過馬路的白貓，阿雄的車失控打滑，攔腰撞上路旁的電線桿，巨大的聲響吵醒了附近的住戶，幾戶人家的燈亮起，三、五個人走出門口查看。

阿雄爬出引擎蓋已經在冒煙的車子，他的額頭流出鮮血，順著臉部的輪廓，流到下巴，滴在衣服上，住戶走近問他狀況，「你先不要動，我們幫你叫救護車。」一個熱心的民眾說。

但阿雄沒有理會，他一手摀著隱隱作痛的頭，一手扶著似乎已經拉傷的脖子，用他現在可以移動的最快速度繼續往一號前進。

他急促的喘息聲在深夜的大馬路上顯得孤單而絕望，他全身發抖，急得猛掉眼淚，腦海中不停浮現父親一個人住在貨櫃屋裡的畫面，他無法想像當那熊熊火光籠罩著整個回收場時，他的父親有多害怕、多無助。

就在他已經可以看見遠處冒著煙的一號同時，一陣尖銳的手機鈴聲刺入他的耳膜，他心想是警消打來確認他的到達時間，但電話那頭傳來的聲音和內容卻讓他完全崩潰。

「弄你真容易，紙堆就擺在門口附近，說你是專業的資源回收商我都不相信。」

阿雄僅存的理智完全喪失。

19

清晨六點不到，六月的天亮得早，白金色的陽光已經穿過大廈高樓的間隙，灑在只有幾部車呼嘯而過的大馬路上。清道夫已經開始工作，大竹掃帚刷刷刷的掃地聲和麻雀的叫聲就像是每天的例行公事一樣，同時合奏著，有些老先生老太太五點不到便早起去運動，這時已經是他們準備買些豆漿油條回家的時間。

相對於這樣寧靜清閒的大馬路邊，隸屬新興分局的五福二路派出所裡就顯得忙碌嘈雜許多。三分鐘前，一一〇報案專線剛傳來一個案子，報案人姓魏，是一個年約六十歲的阿伯，自稱是附近一棟名叫新興大樓的保全人員，用害怕發抖的聲音表示他發現一具屍體，就在大樓接近頂樓的樓梯間。此時所裡的值班員警共有四位，其中兩位已經著裝完畢，準備出發前往報案地點。案發大樓是五福二路派出所轄區裡的治安重點大樓，算是一棟商辦住綜合的舊大樓，五樓、七樓、十二樓都是有女公關陪酒的酒店，其他樓層則是一些小公司的辦公室，純住戶不到十戶，員警戲稱該棟大樓白天看OL，晚上看酒店妞。

何警員這時才正要結束巡邏勤務，回到派出所準備交班，卻在車上的警用無線電聽到這個通報，他是報案電話受理之後，離案發地點最近的員警之一，另一個是跟他同車，手正握著方向盤的羅警員，他是何警員的學弟，當警察還不到一年。

「學長，這是有死人的意思嗎？」羅警員問。

「不然你覺得發現屍體四個字是什麼意思？」何警員語帶輕蔑，他身邊這個學弟似乎永遠搞不清楚狀況。

「不是，我的意思是，我還沒碰過這種……」

「很好啊，現在碰到了。」他根本不想跟羅警員廢話，他肚子餓得發慌，本來想快點交完班去買個早點，現在只能暗自在心裡罵髒話。

他們是最先抵達案發大樓的員警，也是第一個跟報案人魏伯伯接觸的警察。何警員當警察十年了，經驗已經很豐富，在抵達現場之前，他猜想這會不會是一樁惡作劇報案，或是報案人因為精神緊繃，這才在黑暗的樓梯間裡，把某些物品誤認是一具屍體。畢竟看警察不爽的人太多了，惡作劇報案電話早已經見怪不怪，只是程度大小不同而已。

當何警員和羅警員抵達大樓時，等在門口的就是報案的魏伯伯，何警員還沒下車，就發現魏伯伯淺灰色西裝褲胯下濕了一大片。他關上車門，向魏伯伯走去，第一句話都還沒講，魏伯伯就開始不自然地側身面對他，想多少遮掩住自己尿褲子的事實。對何警員來說，這不是他第一次看見有人嚇到尿褲子了，看到魏伯伯的反應，他心裡知道，這通報案電話是惡作劇的可能性幾乎是零，既然尿是真的，發現屍體的消息八成就是真的。

魏伯伯替他們按了電梯，開始簡述他的發現。他說屍體在十五樓往頂樓的樓梯間，他在例行巡邏的時候發現，有隻鞋子掉在十三樓跟十四樓之間的樓梯上，這是消防梯，平常不太有人通行，因為偶爾會有流浪貓狗進駐，大便小便造成困擾，也曾經發生過死老鼠臭味熏天影響住戶，所以管委會要求保全每兩到三天就要巡邏一次。樓梯間的維護狀況不算太好，其中幾層樓的電燈已經壞了一陣子，尤其是接近高樓層的十三到十五樓，就連白天也很黑暗，管委會剛當選幾個月的新總務委員生性比較懶惰，幾支燈管總是要花個十天八天才會買回來，所以他拿著手電筒，拎起那隻鞋子往上又走了一層，就照到一雙腳和好大一灘血，他嚇到連叫都叫不出來，邊跑邊尿褲子。

這時電梯到了，何警員和羅警員走進電梯，魏伯伯卻站在外面，面有難色地搖搖頭，把手上那隻撿來的鞋子交給何警員。他接過鞋子，給學弟使了一個眼色，羅警員點點頭，按下了數字十五，然後按關。

電梯在十五樓開門，他們兩人把槍袋扣鬆開，右手握在槍把上，以防隨時有狀況要拔槍。何警員走在前頭，羅警員跟在後面，一步一步地往頂樓走去，才走沒幾步，一股新鮮的尿騷味就直撲著臉而來，何警員立刻閉氣前進，羅警員則是咳了好幾聲，想把那已經衝進支氣管的騷味咳出來，他的表情像是看到食物裡有半隻蟑螂，整張臉皺成一團。

他們很快便看見那具屍體，是一具男屍，年約三十歲上下。

「快通報。」何警員低聲地說，語氣沒有起伏。

「兩夭洞兩夭洞，新興大樓十五樓通往頂樓樓梯間有一具男屍確定，請聯絡刑事鑑識中心並通知檢察官。」羅警員背對著屍體說，他正盡力讓自己的聲音聽起來不那麼顫抖。

「兩天洞收到，封鎖現場，支援即將抵達。」從無線電裡傳出來的聲音在樓梯間的水泥牆來回碰撞。

「不要動任何東西。」何警員交代著，他其實不需要說，羅警員連動都不敢動。

這時是早上六點十分，何警員在腦袋裡記下他們發現屍體的時間，並發現屍體的右腳是沒穿鞋的，他手上的那隻鞋子與死者的左腳那隻正是一對。他開始初步戡察現場，有一道明顯的血跡沿著樓梯往下，但往頂樓的樓梯非常乾淨，他判斷死者遭凶手迫害的地點並不是陳屍處，而是十五樓以下的樓層。死者臨死前努力爬上樓梯，到了十五樓才斷氣，至於凶手應該是緊緊跟著死者，一步一步把他逼到這裡，並下手行凶，確定他死了之後才走樓梯離開，因為樓梯上的血鞋印有往上也有往下的，是同一個人的血鞋印。

何警員放開一直握在槍把上的右手，經驗告訴他，凶手應該早已經離開這棟大樓。

他直覺地往下走，順著血跡來到十三和十四樓之間的轉角處，他在牆壁上發現一片噴濺式的血跡，再往下樓梯看去，血跡就停在這裡。

「死者應該是在這裡被攻擊的。」何警員低聲自言自語著。

這時支援警力趕到，現場開始拉起封鎖線，在鑑識科和檢察官還沒抵達之前，他們先著手搜集一些資料，例如監視器、大樓會客簿、住戶資料、附近街道的監控錄影等等。警察找來發現屍體的警衛問話，並封鎖電梯，所有住戶必須使用樓梯進出，十三樓以上的住戶必須由員警引導通過樓梯。

何警員和羅警員把死亡現場交給支援的同事，下到一樓，拿著交通錐把封鎖線從大樓門口拉到佔滿機車道，這時樓梯間傳來一陣鶯鶯燕燕的聲音，引起現場員警的注意，無線電裡傳出「五樓有四個酒店小姐剛下班，有一個喝到走路不穩，請同仁幫忙留意」。

「欸，學長，喝通宵的耶，酒店小姐的錢也不好賺喔。」羅警員站在何警員旁邊，他似乎是想緩解第一次碰上命案的緊張感，所以刻意找話題聊。

「錢有好賺的嗎？」何警員回問。

「我本來以為酒店小姐錢好賺。」

「皮肉錢好賺？每天被一堆臭男人灌酒吃豆腐摸奶子，你要不要？」

「不要。」

「廢話……」

沒多久，四個剛下班的酒店小姐步出大樓，羅警員的視線立刻被其中一個胸部D

罩杯的女孩子抓住，二十四歲的他正值血氣方剛，這樣的畫面對通宵值勤、已經疲憊不堪的員警來說，就好比是喝了幾瓶蠻牛一樣有效。

六點二十七分，刑事鑑識人員到達現場，七點整，檢察官到達現場並開始指揮蒐證，幾分鐘後，新聞媒體也趕到，記者開始圍著跟自己比較熟識的員警打探消息。目前的狀況是死者身中七刀，死亡時間大約是二到三小時，身分不明，致命傷必須等待法醫查驗才能確定，兩部電梯的監視器畫面初步從昨夜十點到今晨六點之間開始進行備份，大門口的監視器也備份了相同時間區段的影像，住戶或承租戶的資料正在搜集處理當中，大樓會客簿基本上沒有參考價值，因為上面的最後一筆來訪者資料所留下的時間已經是去年。

七點十四分，記者開始現場連線，各家電視台已經開始看見今天最新的新聞快報，對新聞台高層來說，由殺人案開啟的一天是有趣的，他們並不在乎社會治安或民眾恐慌之類的東西，只有收視率的數字跳動才是有意義的，那比他們的心電圖頻率或是膽固醇指數還要重要。

七點五十五分，隨著從警方那裡得到的資訊愈來愈多，每家媒體都已經召集多組人員準備好處理整套的新聞工作，他們在等待死者的身分確定，然後盡其所能地把他的身家調查到最仔細，即使是他曾經因為闖紅燈被開過一張罰單的記錄都不會放過。不管他是好人壞人、挖到的資訊到底正不正確，先搶到獨家最重要。

八點二十分，何警官正想點燃到命案現場之後的第五根菸，他已經累得只要閉上眼睛十秒鐘就可以睡著，香菸是他現在唯一可以提神的東西。這時無線電傳來一陣驚呼，正在地下室巡查的員警又報來一個壞消息，在地下二樓的電器間旁邊，第五十一號停車位後方大約兩坪大的梯型空地上，躺著一具中年男子的屍體。

「而且這個人我們都認識，他是高雄市議會議長王進財。」無線電清楚地傳出這句話，毫無差錯地傳進正在一旁等待新資訊的記者耳中，記者所發出的驚呼聲完全聽不出任何悲憐，反而是興奮。

議長死於凶殺，這對新聞媒體來說是天大的事。而且這幾乎不需要出動太多人馬去探索或調集新聞點，從自家新聞中心的資料庫就可以找出九成關於這個議員的生平，包括他參選有沒有買過票、他講過的政客級愚蠢發言、他只出張嘴卻從沒兌現的政見、他關說過的酒駕，和以選民服務為由銷過的罰單，甚至包括他傳過的任何緋聞。

他死了，但做過的醜事都還活著。

現場記者紛紛打電話向高層通報，新聞主播台此時不管正在報的是哪一條新聞，都隨時會被議長死亡這件事給插播。

才三分鐘不到，現場連線再度開啟，剛剛死在十五樓的那具男屍不到兩個小時已經失寵，電視台幾乎忘了他的存在，從媒體的角度來看，議長王進財的命就是比他的還要值錢，立刻攀上頭條，連續並重複報導。

八點三十四分，市長在高雄市警察局長及刑警大隊長的陪同下抵達命案現場。

八點四十六分，王進財的家屬由多位同黨籍高雄市議員陪同，抵達現場。

八點五十一分，議長隨扈抵達現場，王進財夫人立即崩潰賞巴掌痛罵。這一巴掌隨著現場連線的電視衛星訊號放送到全國，她質疑隨扈為什麼不在議長身邊保護，導致議長遇害。

九點〇二分，市議會依自身組織自治條例規定，將此重大事件報行政院備查，同時函知市政府。

九點十九分，市長宣佈十點召開記者會。

十點〇二分，市政府媒體接待中心擠滿了各家新聞台的記者，二十多部攝影機、三十多部照相機全部對著發言台，發言台上滿滿的麥克風擋住市府發言人的脖子，他調整了一下那些麥克風的位置，讓他的下巴可以被看見，然後做了一個開場說明，「等等市長會對稍早的命案做初步說明，但因為檢警還在調查，現場目前仍在蒐證，為求辦案順利不節外生枝，待會的記者會市長不開放提問，請各位媒體朋友見諒。」媒體記者一片哀號。

十點〇七分，市長步上發言台，攝影記者每一發閃光燈幾乎沒有空隙地把發言台閃得發亮，例行公事般的問候之後，市長照著手上幕僚盡全力擠出來的稿子，一句一句用官腔官調唸出來。稿子的內容沒有任何案件的進展，畢竟事發到現在才過幾個小時，辦案可不是去便利商店買東西那樣輕鬆容易，但他知道，就算通篇廢話，他也得說點什麼，因為此時的記者全都像是餓了兩個星期的狼，記者會只是暫時按捺的前菜。「在對這個案子表示遺憾之餘，我代表高雄市民譴責暴力，並宣示我們維護治安的決心從不改變，現在我以市長的職權，責成高雄市警察局組成專案小組，並且限時四十八小時破案……」巴啦巴啦……

十點十一分，一一〇報案中心接到一通電話：「議長跟那個男的，都是我殺的。」

「什麼？先生請你再重複一次。」

「我現在要自首，請你去叫市長不要廢話了，十分鐘後中山五福路口，我要見到他，別當我開玩笑。」

20

市長記者會的記者很快地全部跑光了，他們在剛剛得到消息，顧不得市長那張廢話連篇的稿子還沒唸完，立刻往中山五福前進。

中山五福這個大路口已經被封鎖，這兩條堪稱高雄市交通大動脈的路線受阻，其他道路的路況也都出現嚴重的大打結。

十多輛警車將路口中心圍成一個口字，新聞台的SNG車就停在警車後方，所有的警察都拿著槍指著站在路口中間的兩個人，那兩個人一前一後緊貼著彼此，看起來後面的那個人正拿刀抵在前面那個人的脖子上，兩人面對著火車站的方向。

全台灣的新聞台兩個小時前都還在討論高雄市議長的命案，兩個小時後的焦點全都在這個路口，每個新聞台的收視率都高得嚇人，不管是私宅、店家還是百貨公司，只要電視有開著，畫面全都是這個路口中間的兩個人。

一個是阿雄，一個是蔡育華。

一個小時前，警方才對新興大樓的兩具男屍做完初步的身分及死因調查，他們確認陳屍在十五樓的男屍姓林，叫林建易。警方在他的褲子口袋裡發現三包安非他命和幾張鋁箔紙，他的手腳有被塑膠束帶綁過的痕跡，他的臉因為受到多次重擊而腫脹，鼻梁及顴骨碎裂，牙齒已經所剩無幾，頭部有一處長三公分的撕裂傷，肚子那條長二十三公分的橫向切口是致命死因，深度達到九公分，內臟外露，且生殖器被切除，丟在一旁的垃圾桶裡。

另一具男屍確認是高雄市議長王進財，唯一明顯的外傷集中在頭部，死因是頭部被某種方型的鈍器重擊，頭骨破裂，些許腦漿溢出，依經驗判斷，鈍器有可能是手槍底座。

綜合了現場跡證及監視器，警察初步判斷案件發生在半夜三點。

昨天深夜十點整，王進財走進位在新興大樓十二樓的酒店，身邊的人大多是在警察局有案底或是被監控的對象，這可能也是王進財把隨扈支開的原因，他或許不希望被隨扈知道是哪些人在和他喝酒。

十一點十五分，林建易走進酒店，沒有等少爺帶位就直接走進王進財的包廂。

十二點二十七分，林建易走出包廂講電話。

十二點三十四分，林建易再次走進包廂。

凌晨兩點三十一分，林建易走出包廂，但他並沒有搭電梯，樓下的監視器也沒有看見他離開大樓。

凌晨三點〇七分，王進財走出包廂，直接進入電梯，直下地下室。

凌晨三點〇八分，王進財走進監視器死角，店家表示那是他習慣停車的地方。

一直到凌晨三點三十五分，王進財都沒有把車開走，研判在這期間已經死亡。

警方猜測，林建易在凌晨兩點三十一分走出包廂之後，應該是想到樓梯間吸食安非他命，但還沒拿出毒品就被凶手逮住，他害怕得往樓上跑，慌忙中右腳的鞋子掉落，林建易應該還沒跑到十三樓就被凶手抓到，挨了一陣毒打，他負傷繼續往上爬，在十三到十四樓之間的樓梯間留下血跡。這過程中，凶手一直跟在他後面，等到他爬到往十五樓的樓梯前，凶手拿出束帶把他的手腳綁起來，然後拎著他的頭去撞牆，讓他昏死在原地。

接著凶手走樓梯到地下室等待，沒等太久就看見王進財，凶手用準備好的鈍器直接朝頭部攻擊，先打昏他，然後把他拖到電器間旁邊沒有任何監視器看得到的地方，再繼續朝頭部猛砸，直到王進財斷氣。這時凶手又慢慢地走樓梯上到十五樓，他先切掉林建易的生殖器，然後才割開他的肚子。

這些推測都還在等待逮到凶手時以確認，凶手就自首了。

在阿雄決定這麼做的前兩天凌晨，他打電話給賓仔，請他再次聯絡徵信社，他想知道林建易、蔡育華跟王進財這三個人的行蹤，賓仔一聽，立刻趕到阿雄家，只看見他坐在沙發上，地上桌上滿滿的酒瓶，賓仔知道他就要做傻事了，卻不知道該怎麼勸起。

「你……確定嗎？」賓仔只能這麼問。

「我不確定……」阿雄疲累地看著賓仔，竟微笑起來，「但我有別的選擇嗎？」

「我不知道……」

「小媛死了，我爸也死了，我問你，我留著幹嘛？」

「我沒辦法回答你，但站在朋友的立場，我真的沒辦法不阻止你，我知道你很痛苦，我看你這樣我也很難過，我真的想幫你，但我不知道還能幫什麼……」

賓仔說著說著大哭了起來，他完全不知道該怎麼整理現在的狀況跟思緒，一直以來，他都是最擅長思考，也最能理出頭緒的那個人，現在卻完全一團亂。

「你知道一號的火場鑑定起火原因是一個汽油彈嗎？」

「我不知道。」

「那你應該知道誰會在這個時間點去我的工場丟汽油彈吧？」

「我知道。」

「失火那天晚上接到的電話，跟之前的恐嚇電話是同一個人。」

「嗯，我知道。但我猜他們只是想燒了一號，許伯伯是意外。」

「就算是這樣，重要嗎？」

「不重要。」

「三十多年來，我爸爸一直睡在那個工場裡，他離不開那個貨櫃屋，現在他也真的離不開了。」

「……」

「你覺得他們會被關嗎？」

「我想不會。」

「就算會被關，你覺得他們會不會被放出來？」

「當然會。」

「那法律給的是公道還是迫害？」

「是迫害。」

「小媛被刑法第二二六條逼到要自殺才能換那兩個渾蛋十年以上的刑期，這是公道還是迫害？」

「是迫害。」

「這樣有是非嗎？」

「沒有。」

「所以……你說，我有別的選擇嗎？」

沒有。沒有選擇。

不只阿雄，賓仔也覺得沒有選擇。

徵信社的人蹤資料很快就拿來了，當他們接到這個委託時，就已經知道是王素媛的家人要自己來處理了，但當他們看見阿雄的時候才知道，這是一件再也沒有任何轉寰餘地的案子了。

他們對阿雄說：「我們會一直跟著他們，注意他們的一舉一動，這期間我們會下載一個封閉式的網路電話程式到你的手機，我們只能用這個程式來聯絡，請恕我直說，我們能幫你，但不能害到自己，總之，我們會從頭到尾跟著，一直到你把事情做完我們才會撤走。」

「謝謝。」阿雄說。

站在蔡育華身後的阿雄自言自語地說了這句話，蔡育華因此嚇了一跳，他不知道這個拿刀抵在他脖子上的人為什麼在這個時候跟他說謝謝，今天早上他要出門上班時被人從後面打昏，後腦勺腫了好大一包，醒過來的時候發現手腳被綁起來關在一個非常擁擠的地方，而且四周暗得看不見任何東西，這時他才知道他人在一輛車的行李箱裡。

「謝謝。」

十分鐘前，行李箱被打開，他全身汗水淋漓地被阿雄從車箱裡拖出來。

這時阿雄眼中的殺氣，跟一個多小時前在星巴克解決店員跟歐吉桑可能發生衝突事件的和善完全是天壤之別，簡直判若兩人。

「知道我是誰嗎？」阿雄聲音低沉地說著。

蔡育華嚇得直發抖，「不知道……」

「那知道王素媛是誰嗎？」

蔡育華一聽到王素媛的名字，眼睛瞪得跟牛眼一樣大，表情極度驚恐，「大哥，那跟我沒關係，是林建易叫我做的！」他嚇到講話不清楚還一直破音，但阿雄只是冷冷地看著他。

「所以你知道她是誰吧？」

「……我知道……但真的不關我的事啊，對不起啊……對不起啊……」

「從現在開始，你再說一句話，我就直接把你的喉嚨割斷。」阿雄先蹲下，把蔡育華腳上的束帶割開，然後從口袋裡拿出手機，穿過一旁的水溝蓋丟下去，接著拿刀抵住蔡育華的背，「走吧，我們逛街去。」

跟阿雄相比，蔡育華瘦小的身軀像個青少年。

十分鐘後，阿雄帶著他走到中山五福的大路口站著，從他們站定開始，一九九九市民專線和一一〇報案專線慢慢地被打爆，十通有八通都在說有兩個人站在馬路中間，而且其中一個還拿著刀。

五分鐘後，高雄市中心到處都聽得到警車鳴笛聲，中山五福路口很快地被封鎖，警察開始集結。又過了兩分鐘，新聞媒體也趕到，SNG已經將畫面放送到全國。攝影機的鏡頭及警察的槍全部都對著路中央的兩個人，旁邊大廈的頂樓也已經有狙擊手在待命。

警察局長拿著大聲公對阿雄喊話：「放下武器，千萬不要衝動。」除了這句廢話，他已經沒有其他台詞了，這話他已經講了十一次。但他其實也很無奈，因為他知道，眼前這個挾持人質的凶嫌要找的人不是他。

過了十分鐘，市長穿過人群趕到，他站在局長旁邊，被一群警察包圍保護著，市長的幕僚在他後面，隨扈擋在前面。

市長接過局長手上的大聲公，「我是市長，我來了，你有什麼要求都可以談，別衝動，別傷害人質。」市長說。不愧是見過很多大場面的政治人物，就算現場劍拔弩張的肅殺氣氛很重，他說起話來一樣平穩冷靜。

阿雄看了市長一眼，太陽照在漆成白色的大聲公上，發出的光芒閃過阿雄的眼睛，但他沒有眨眼，他起心動念，帶著蔡育華慢慢地在原地轉圈，環視著這從來不曾看過也沒想過的畫面，警察、記者、路邊圍觀的人看他終於有了動作，立刻全部靜止，這裡安靜得完全不像是一座城市的中心，沒有一個人在說話，也沒有一個記者在播報，時間彷彿停止。

阿雄知道此時此刻他站在高雄市最繁華重要的路口中央，全國的媒體都在看著他，透過媒體的全國民眾也都在看著他，就等著聽他想說些什麼，他現在是全國最重要的人。

「原來，事情一定要演變到這種地步，你們才真的願意看看別人發生了什麼樣的悲劇。」阿雄心裡暗自想著，臉上掛著微笑。

「市長！」阿雄大喊。

「請說！」市長用大聲公回應。

「你曾經說過，法律被犯人藐視，是我們國家的悲哀。」說完，他把手上的刀子丟到前方，發出金屬碰撞路面的鏗鏘聲，引起現場一陣騷動。

「我告訴你，法律逼死好人，才是我們國家真正的悲哀！」

市長頓時不知道該回應什麼，拿著大聲公呆在原地，他到目前為止只知道阿雄殺了林建易和王進財，然後用這種像在向全國宣告理念的方式自首。他眉頭微微皺起，轉身要幕僚把阿雄的身分和今天的事情全部搞清楚之後向他回報。警察局長轉頭向身邊的部屬交代工作，正在 live 連線的記者開始回報，「透過現在的畫面，我們可以看到凶嫌只短短講了兩句話就把手上的刀械丟掉了，他手上人質的表情也好像鬆了一口氣，看樣子凶嫌和市長的對話已經結束，凶嫌可能因為面對大批警力的圍堵壓力，已經快撐不住，這場殺人後持續挾持人質的事件看起來好像就快要落幕，我們可以看到警察目前似乎有些動作，他們好像在找時機要上前去……」

砰！

話還沒說完，一聲槍響，四周再次回復剛才的寧靜，時間再次暫停。

幾秒鐘後，蔡育華倒地，他的左胸被轟了一個洞。

阿雄的表情平靜得像是在海風吹拂的沙灘上看海，他的眉心不再緊鎖，他的嘴角微揚。下一秒，阿雄舉槍對著市長。

這時警察局長似乎意識到什麼，他趕緊搶過市長手上的大聲公，「不要開槍！」他急得大喊：「不要開槍！」他其實只慢了半秒鐘，這兩句吶喊被淹沒在數十響的槍聲當中，包圍阿雄的警察，手上的槍管有一半以上都在冒煙，空氣中頓時瀰漫著一股濃濃的煙硝味。

阿雄手上的槍掉在地上，人直直地往旁邊倒地，身上的衣服幾秒鐘後迅速被染紅。警察蜂擁而上，把他掉在地上的槍撿起，並且退下彈匣。這才發現，裡面沒有子彈了。

尾聲

殺人之後再借警察的手自殺的畫面透過媒體播放到全國的結果，就是台灣上上下下幾乎每個人都在討論這件事。

媒體瘋狂報導，不只是王素媛被性侵的案子重新被拿出來檢視，她跟阿雄的身家背景同時也被調查得一清二楚。

政論節目瘋狂討論，名嘴跟官員各自上節目表達對這起重大案件的見解。

立委臉書開始發表一些沾光言論，表示自己早就想提出性侵或殺人之類的法條修正案云云。

而高雄市長藉此宣示，如果黨提名他參選下一屆的總統，那麼阿雄「交代」他的事，就是他上任後要做的第一件事。儘管距離下屆總統大選還有三年多，但事件之後，有媒體刻意做了下一屆總統民調，高雄市長已經獲得三五％的民眾支持度。

然後，過了一個星期，週刊爆料某個金融集團老闆的兒子開趴吸毒還在外面養小三被抓包，這個公子哥迅速成為媒體新寵兒，王素媛跟阿雄這時只是兩具已經爛掉的屍體，沒有價值了。

就算阿雄當天的新聞畫面仍然記憶猶新，但沒有改變什麼，沒了他，這世界還是一樣在轉。

不過，有些該做的事還是在輿論壓力下完成了。

經查一號縱火的嫌犯和共犯全都是王進財的手下，他們很快地全部落網。收賄的法官一個一個被抓出來收押禁見，而且開始產生連環爆的效果，一些收賄法官被抓的同時，也供出了其他民代和官員曾經或正在收買法官，「我們有些是被逼的，不收錢的話，他們會對我們的家人不利。」其中一位就要被收押的法官在經過記者群時大聲說著。

大部分的立委助理最近都在忙著性侵、殺人、酒駕致死、詐騙……這一類民眾最關心、最有感的修正案草擬，那些完全不符合比例原則的法條開始被重視，至於會不會真的完成修法，天知道。

有民眾在臉書發起歌頌阿雄的活動，但也有持「挾人殺人的現行犯不該被歌頌」的反方意見，兩邊就在網路上爭辯起來，還各自成立了粉絲團。

賓仔把阿雄的回收場照顧得很好，而且利用這些回收場的收入成立了基金會，提供那些沒有資源，也沒有錢打性侵官司的受害人一些幫助。

一個月後，二號回收場收到一封信，是寄給王素媛的。

那歪歪斜斜的字跡，賓仔一看就認出是阿雄的字。

小媛，我很想妳。

【全文完】

他可能是別人，也可能是你。
重點是，你願不願意？

我是周皓哲，從小，老師最常在我聯絡簿上寫的評語是：
心地善良、個性安靜但熱心。
撫養我長大的阿姨也總是教導我，要堅持做對的事。

我有兩份工作，工人，以及社工。
我相當以這份社工工作為榮，雖然它的性質跟一般人
所以為的有著天壤之別。
正因為太不一樣了，所以從事這份工作的，目前只有
我一個人，也就是說，除了我之外，
沒有人知道，因此，有時我覺得很孤獨。

雖然如此，我還是決定要一直做下去，
因為我實在是太有人性了……

暗社工
IN JUSTICE

藤井樹首部同名電影原著小說

當你牽著我的手，感覺……好熟悉。
那是一種歸屬感。

如果我們能夠一起成長，該有多好。

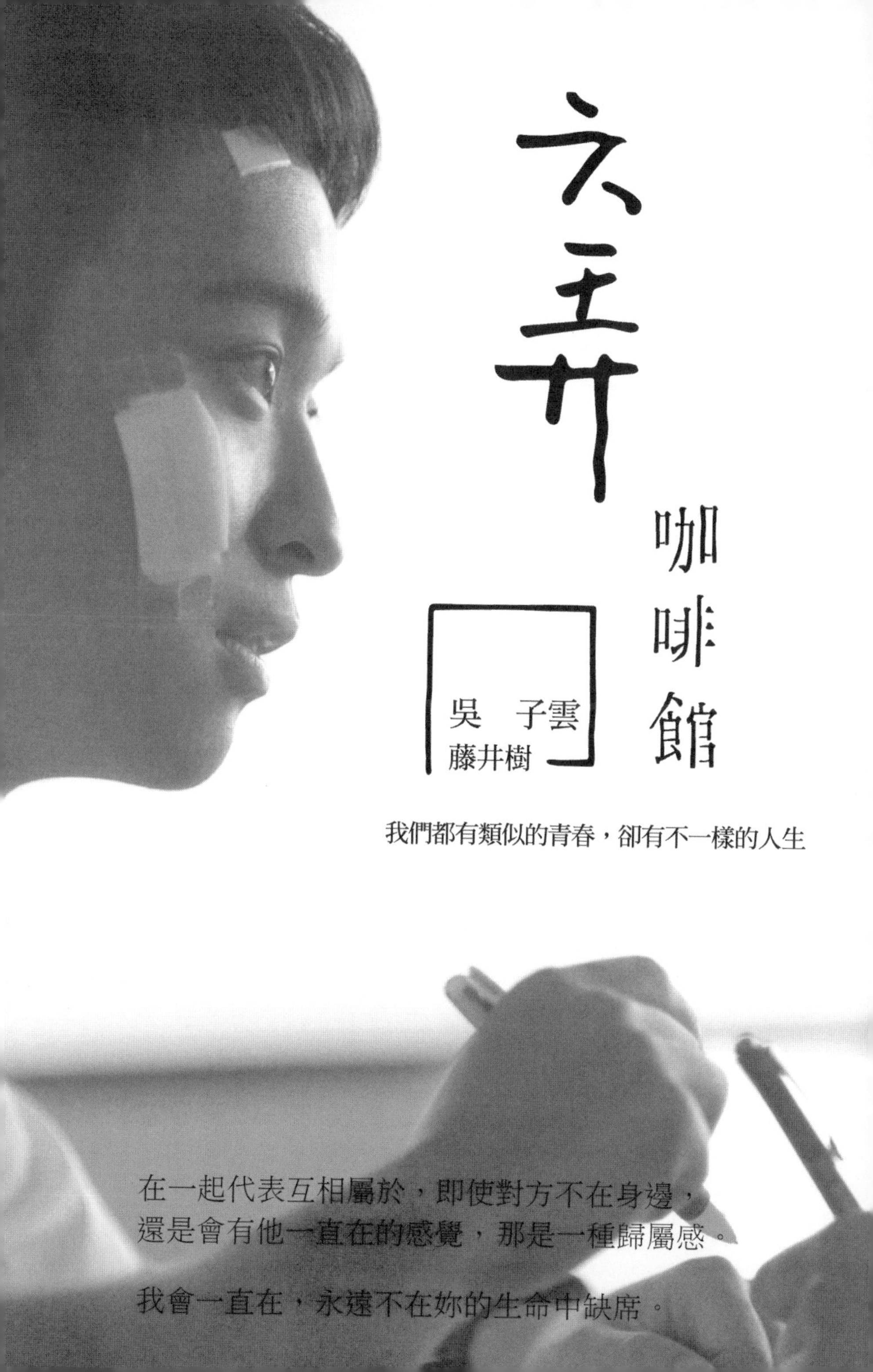

六弄咖啡館

吳 子雲
藤井樹

我們都有類似的青春，卻有不一樣的人生

在一起代表互相屬於，即使對方不在身邊，
還是會有他一直在的感覺，那是一種歸屬感。

我會一直在，永遠不在妳的生命中缺席。

國家圖書館出版品預行編目資料

迫害效應／吳子雲著. -- 初版. -- 臺北市：商周出版：
家庭傳媒城邦分公司發行, 2017.07
面：　公分. --（網路小說）
ISBN 978-986-477-264-3（平裝）
857.7　　106009311

迫害效應

作　　者／吳子雲
企畫選書人／楊如玉
責任編輯／楊如玉

版　　權／翁靜如
行銷業務／李衍逸、黃崇華
總 編 輯／楊如玉
總 經 理／彭之琬
發 行 人／何飛鵬
法律顧問／台英國際商務法律事務所　羅明通律師
出　　版／商周出版
城邦文化事業股份有限公司
台北市民生東路二段 141 號 9 樓
電話：(02) 25007008　傳真：(02) 25007759
Blog：http://bwp25007008.pixnet.net/blog
E-mail：bwp.service@cite.com.tw
發　　行／英屬蓋曼群島商家庭傳媒股份有限公司城邦分公司
台北市民生東路二段 141 號 2 樓
書虫客服服務專線：(02) 25007718、(02) 25007719
服務時間：週一至週五上午09:30-12:00；下午13:30-17:00
24 小時傳真專線：(02) 25001990、(02) 25001991
劃撥帳號：19863813；戶名：書虫股份有限公司
讀者服務信箱：service@readingclub.com.tw
城邦讀書花園：www.cite.com.tw
香港發行所／城邦（香港）出版集團有限公司
香港灣仔駱克道193號東超商業中心1樓
E-mail：hkcite@biznetvigator.com
電話：(852)25086231　傳真：(852) 25789337
馬新發行所／城邦（馬新）出版集團【Cité (M) Sdn. Bhd.】
41, Jalan Radin Anum, Bandar Baru Sri Petaling,
57000 Kuala Lumpur, Malaysia.
Tel: (603) 90578822　Fax:(603) 90576622
email:cite@cite.com.my

版型設計／鍾瑩芳
封面設計／黃聖文
排　　版／新鑫電腦排版工作室
印　　刷／高典印刷有限公司
經 銷 商／聯合發行股份有限公司
電話：(02) 2917-8022　傳真：(02) 2911-0053
地址：新北市231新店區寶橋路235巷6弄6號2樓

■ 2017年（民106）7月初版
定價280元

 ISBN　978-986-477-264-3

Printed in Taiwan
城邦讀書花園
www.cite.com.tw

請於此處用膠水黏貼

商周出版

讀者回函卡

感謝您購買我們出版的書籍！請費心填寫此回函卡，我們將不定期寄上城邦集團最新的出版訊息。

不定期好禮相贈！
立即加入：商周出版
Facebook 粉絲團

姓名：＿＿＿＿＿＿＿＿＿＿＿＿ 性別：☐男 ☐女

生日：西元＿＿＿＿＿年＿＿＿＿＿月＿＿＿＿＿日

地址：＿＿＿＿＿＿＿＿＿＿＿＿

聯絡電話：＿＿＿＿＿＿＿＿ 傳真：＿＿＿＿＿＿＿＿

E-mail ：

學歷：☐ 1. 小學 ☐ 2. 國中 ☐ 3. 高中 ☐ 4. 大學 ☐ 5. 研究所以上

職業：☐ 1. 學生 ☐ 2. 軍公教 ☐ 3. 服務 ☐ 4. 金融 ☐ 5. 製造 ☐ 6. 資訊
☐ 7. 傳播 ☐ 8. 自由業 ☐ 9. 農漁牧 ☐ 10. 家管 ☐ 11. 退休
☐ 12. 其他＿＿＿＿＿＿＿＿

您從何種方式得知本書消息？

☐ 1. 書店 ☐ 2. 網路 ☐ 3. 報紙 ☐ 4. 雜誌 ☐ 5. 廣播 ☐ 6. 電視
☐ 7. 親友推薦 ☐ 8. 其他＿＿＿＿＿＿＿＿

您通常以何種方式購書？

☐ 1. 書店 ☐ 2. 網路 ☐ 3. 傳真訂購 ☐ 4. 郵局劃撥 ☐ 5. 其他＿＿＿＿

您喜歡閱讀那些類別的書籍？

☐ 1. 財經商業 ☐ 2. 自然科學 ☐ 3. 歷史 ☐ 4. 法律 ☐ 5. 文學
☐ 6. 休閒旅遊 ☐ 7. 小說 ☐ 8. 人物傳記 ☐ 9. 生活、勵志 ☐ 10. 其他

對我們的建議：＿＿＿＿＿＿＿＿＿＿＿＿

【為提供訂購、行銷、客戶管理或其他合於營業登記項目或章程所定業務之目的，城邦出版人集團（即英屬蓋曼群島商家庭傳媒（股）公司城邦分公司、城邦文化事業（股）公司），於本集團之營運期間及地區內，將以電郵、傳真、電話、簡訊、郵寄或其他公告方式利用您提供之資料（資料類別：C001、C002、C003、C011 等）。利用對象除本集團外，亦可能包括相關服務的協力機構。如您有依個資法第三條或其他需服務之處，得致電本公司客服中心電話 02-25007718 請求協助。相關資料如為非必要項目，不提供亦不影響您的權益。】

1.C001 辨識個人者：如消費者之姓名、地址、電話、電子郵件等資訊。
2.C002 辨識財務者：如信用卡或轉帳帳戶資訊。
3.C003 政府資料中之辨識者：如身分證字號或護照號碼（外國人）。
4.C011 個人描述：如性別、國籍、出生年月日。

請於此處用膠水黏貼